Sous un ciel de faïence

Céline Laurens

Sous un ciel de faïence

Récit des habitants du monde d'en bas

Albin Michel

Pour Yves,
qui passe outre
les stigmates du quotidien.

« Désirer l'humilité, supporter l'injure, non la venger ; assumer l'abjection : vouloir, de toute son âme, être de ceux que le monde regarde avec mépris. Non pas vaincre, non pas conquérir autrui, mais s'ouvrir ; être ouvert, tel est l'amour… »

Paul Gadenne, *Les Hauts-Quartiers*

« Essayez de dire, comme si vous étiez le premier homme, ce que vous voyez, ce que vous vivez, aimez, perdez.

Fuyez donc les motifs communs pour ceux que vous offre votre propre quotidien. »

Rilke, *Lettres à un jeune poète*

« Un mari ne doit jamais s'endormir le premier, ni se réveiller le dernier. »

Balzac, *Physiologie du mariage*

Madeleine

Si je vous dis que j'ai rencontré Madeleine à la station Madeleine, cela paraît un peu gros. Il n'en reste pas moins que c'est la stricte vérité. La première fois que j'ai été confronté à elle, et comprenez bien que j'use de ce mot à dessein, je n'étais pas encore le fier conducteur de métro que je devins, mais plutôt un être bleui, la goutte au nez et les doigts gourds, assis dans la cahute où l'on prodigue leurs titres de transport aux voyageurs. C'était l'hiver. Dans le pas chassé des courants d'air, je renseignais les touristes sur l'arrêt le plus proche des Tuileries, du Grand Palais ou du musée de la Chasse. J'aiguillais les rêveurs en annotant leur itinéraire sur le corps arachnéen des plans de lignes, je tirais d'austères factures pour des remboursements mensuels et, s'il n'y avait pas eu d'« incident voyageur » ou de « colis suspect », je bidouillais des justificatifs de retard pour dépanner les lycéens hypersomniaques n'ayant pas entendu leur réveil.

Ce matin-là, je tentais d'expliquer à un couple

d'Allemands dans un anglais plus que naïf – même leurs enfants le maîtrisaient mieux que moi – la signification exacte de « demi-tarif ». Quand imitant, fier de mes racines, le geste de la guillotine de l'aile de ma main droite, je vis se profiler dans la queue celle qui, pour le meilleur et pour le pire, allait devenir ma moitié. Sur le moment, force est de reconnaître que le bûcher et l'empalement m'eussent paru bien plus agréables que l'idée d'un jour fréquemment côtoyer la mégère qui s'offrait à ma vue. Madeleine, fichée face à moi, m'avait toisé comme un grand chef indien. Ugh. « Un passe mensuel classique ? – Non, vermeil », m'avait-elle répondu sans même daigner me regarder dans les yeux et en arborant un air dégoûté à l'idée de devoir toucher la machine à carte bleue que je lui tendais. Elle maugréait, tandis que les gants assurant sa protection contre les miasmes l'empêchaient de se saisir de la carte en question et, la queue s'allongeant et sa lutte bouffonne s'éternisant, j'avais fini par lui signifier qu'elle n'avait qu'à les ôter pour faire gagner du temps à tout le monde. Que n'avais-je pas fait ! Pendard, tu méritais ta corde. J'étais tombé dans le piège qu'elle souhaitait me tendre et qui lui permettait d'enfin se lancer dans un des rôles qu'elle aimait tout particulièrement interpréter : celui de l'usagère maltraitée. Elle se marrait un peu dans le fond de ses yeux, ce que j'étais le seul à pouvoir constater, à me faire passer pour un malotru et cela aurait pu créer une solidarité avec les gens de la file derrière elle – toujours prêts à s'insurger contre ceux qui portant un uniforme ont troqué leur statut de pair pour celui d'outil. Oui, elle aurait pu être soutenue, mais Madeleine était Madeleine. Alors, après avoir décrété qu'elle prendrait tout le temps du monde pour se saisir de sa carte bleue, après m'avoir vilipendé, traité de mal embouché, de sexiste et même de *patron*, après avoir lamentablement essayé de faire perler quelques larmes de crocodile à ses cils, son naturel était revenu au galop et elle avait conclu sa tirade par un « Je refuse de toucher cette machine à carte bleue qui véhicule peut-être le sida ou le bacille de la peste ». Tadâââm : il avait suffi d'un quart de seconde pour que de victime Madeleine devienne aux yeux de tous une pimbêche individualiste se trouvant dans le métro car son taxi avait dû crever.

Des murmures indignés se faisaient entendre, feutrés puis de plus en plus audibles. Enfin, une justicière du petit matin s'était approchée d'elle pour lui demander de laisser les honnêtes gens « qui n'ont pas que ça à faire quand même ! » se rendre à leur travail. Madeleine, outrée qu'on ose lui parler sur ce ton et certainement plus encore qu'une femme aussi banale pense avoir le droit de s'adresser à elle, avait alors poétiquement rétorqué : « Si quelqu'un ici mérite d'aller travailler à pied, c'est bien vous avec votre gros fion ! » Puis, laissant la pauvre dame pantoise, rouge d'agacement elle m'avait jeté le regard du valeureux qui sait qu'il a perdu la manche mais qui tente le tout pour le tout et elle s'était dirigée vers l'un des tourniquets d'entrée du métro qu'elle avait roidement enjambé. Après m'avoir adressé un sourire mi-haine mi-contentement, elle avait conclu cette première rencontre par un bras d'honneur passionné avant de courir sur les escalators rejoindre le métro à quai.

J'étais conquis.

Les jours d'après, toujours à la même heure et moi dans ma guérite, Madeleine a continué d'escalader, de manière à ce que je la voie et en tentant de rester digne malgré son manque de souplesse, les tourniquets de l'entrée du métro Madeleine. C'est ainsi qu'au gré de multiples circonstances nous nous sommes apprivoisés. Une fois, son sac s'étant bloqué dans les portes suivant le tourniquet, blanche de honte elle m'avait laissé l'aider à fuir la prison métallique. Une autre fois, lors d'une altercation avec une dame qu'elle avait quasiment estropiée avec son parapluie qu'elle balançait d'avant en arrière comme un piolet, j'avais pris sa défense. Les matinées s'écoulaient, égayées par ses frasques et la longueur de ses robes qui raccourcissaient avec les beaux jours, et c'est alors que – transi d'amour en la voyant un matin arriver dans un ensemble vert tendre faisant malencontreusement ressortir la rougeur des ailes de son nez soumis aux allergies printanières – j'étais sorti de ma cahute pour saisir son bras lancé dans l'escalade quotidienne. « Mademoiselle, lui avais-je dit en plongeant mes yeux au plus profond des siens, cette fois-ci c'est le poste ou un déjeuner en ma compagnie. » Ses joues s'étaient empourprées, créant une harmonie d'ensemble avec les narines. « Tu en as mis du temps », m'avait-elle répondu en me griffonnant son numéro sur une page déchirée du livre qui l'accompagnait, *Histoire de la lèpre*. Sur le bout de papier en question, une phrase avait été emportée : « Le mucus nasal des lépromateux peut contenir des millions de bacilles de Hansen. »

Notre premier rendez-vous avait eu lieu dans un café brasserie de la rive gauche dénommé Le Charivari. C'était le nom d'un journal célèbre à une certaine époque pour ses caricatures et j'avais eu tout loisir d'en discuter avec les tenanciers Magali et Mathieu car plus d'une heure après celle initialement fixée, Madeleine n'était toujours pas arrivée. Un pressentiment me forçait à ne pas quitter la banquette que j'occupais sous le regard plein de pitié du personnel certain que je venais d'essuyer un lapin mais que je ne voulais pas perdre la face et je m'appliquais à paraître perdu loin dans de profondes pensées. Mes mains moites tremblaient après mon quatrième café quand, sortant fumer et expliquant que j'allais bientôt commander avec un ton enjoué (Magali et Mathieu évitant soigneusement mon regard de couillon de la lune résolument optimiste), je l'ai vue arriver. C'était une scène de cinéma, la tête en l'air, à fixer les façades des immeubles alentour, une voiture a pilé devant elle qui, nullement désarçonnée, a fichu un coup de pied dans le pare-chocs en continuant d'avancer. Le bruit du klaxon a retenti ainsi qu'un juron commençant par un « sal » et se terminant par un « ope » mais que je n'oserais retranscrire et Madeleine, arrivée devant l'obstacle d'une forme rouge qui était celle de l'auvent du café, a recouvré l'air de celui qui soudainement regarde et ne voit plus. « Je suis un peu en retard, non ? m'a-t-elle demandé. Je n'ai pas conscience du temps, il s'étire quand je me promène. Ce quartier est très sympathique, c'est celui de mon enfance ! » Il n'y avait aucune pose de sa part. J'ai eu beau dans ma vie lui fixer des rendez-vous ou lui offrir des montres, lorsqu'elle s'attaquait à des itinéraires inconnus, Madeleine ne pouvait faire autrement que de se perdre. Comme lorsqu'elle feuilletait son dictionnaire de médecine, une maladie menant à une autre, au cours de sa marche les idées s'enchaînaient et elle vagabondait perdue au milieu d'une géographie citadine hétérogène à sa propre logique. Pire s'il s'agissait de retrouver son chemin, elle finissait par se renseigner auprès de la personne la plus louche du quartier, personne qui, devant cette hurluberlue lui demandant courtoisement « une cigarette-l'heure-et-ma-direction-mon-ami », finissait angoissée par prendre la poudre d'escampette.

« Alors, c'est ici ton antre ? m'a-t-elle demandé en ouvrant de grands yeux. C'est sympathique, j'aime bien. Accorde-moi juste une seconde, je reviens », et je l'ai vue se diriger vers un unijambiste qui faisait la manche au croisement de la rue. Elle a fouillé son sac et en a sorti un billet qu'elle a déposé dans le gobelet du type. Puis elle l'a regardé avec commisération et lui a tapoté l'épaule en disant suffisamment fort pour que je puisse l'entendre : « C'est pour vous, mon brave. J'ai eu une entorse dans le temps alors sachez que je compatis ! », sous les yeux interloqués du type à moignon qui, s'il n'avait pas risqué un déséquilibre fatal, lui aurait visiblement fichu un énorme coup de pied au derrière.

Fière de sa bonne œuvre, Madeleine rayonnait et je l'ai guidée jusqu'à ma table avec un faciès victorieux et le sourire du *je vous l'avais bien dit.*

« On commence avec un verre de vin blanc, j'espère. Tu as du temps devant toi ? – Tout le temps du monde », ai-je menti, car j'étais censé travailler ce samedi pour dépanner Henri qui devait retrouver Marta au parc. « Tant mieux ! » et elle a levé la main en demandant deux verres de vin blanc le plus sec possible et « bien remplis ». Nous y étions… Tout le début du repas j'ai dû faire des signes d'excuse et des mines signifiant « Faites pas attention, c'est une originale » aux serveurs qu'elle traitait comme des domestiques de longue date. Sa vessie avoisinant la taille d'une noisette, dès la fin de son premier verre, mise en confiance elle a tenté d'arborer un air de Diane chasseresse allant « se repoudrer » mais a confondu la porte des WC avec celle d'un placard à balais dont le contenu s'est renversé avec fracas sur le sol, tirant un pépé lisant son journal d'un demi-sommeil.

Puis nous sommes allés plus au cœur des choses. « C'est ton métier, guichetier ? C'est charmant !
– Pas vraiment, c'est en attendant de pouvoir devenir conducteur. Mais je m'entraîne déjà en cabine. » Madeleine s'est mise à me bombarder de questions toutes plus imaginatives les unes que les autres : « Tes sinus ont changé avec l'odeur des pneus sur les rails, est-ce que tu as tendance à avoir la nuque qui raccourcit à force de passer sous les tunnels, tu demandes l'avis aux passagers si tu écoutes la radio, tu es devenu nyctalope à force d'errer dans l'obscurité ? Il y a vraiment le bacille de la peste qu'on aurait trouvé dans le métro ? » Puis on a joué au jeu des plus mauvaises actions que l'on avait commises durant notre vie. J'ai essayé de raconter quelque chose qui me desservait mais pas complètement non plus :

« Eh bien un jour, j'ai donné rendez-vous à une jeune fille au cinéma et finalement je m'y suis pointé avec sa meilleure amie à la séance d'avant. Quand j'en suis sorti, elle était à m'attendre. Dépitée et jalouse.
– Mais t'es un sadique de bas étage, elle est minable

ton anecdote, m'a-t-elle répondu. – Ah oui ? Toi ? – Eh bien, j'ai eu une relation épistolaire avec une femme d'une quarantaine d'années. C'était il y a cinq ans. » Je ne voyais pas ce qu'avait de « méchant » cette fameuse relation, mais je me suis inquiété du fait que j'avais peut-être tout faux et que Madeleine aimait les femmes, ce qui ne m'aurait pas choqué mais qui m'aurait déplu. Paierai-je dès lors l'addition au complet ? me suis-je minablement demandé, me maudissant pour ma bassesse, tandis qu'elle reprenait : « C'était une femme qui avait passé une petite annonce dans le courrier du cœur pour rencontrer un homme *fidèle* et *sympathique*. Elle cherchait *le père de ses enfants* et, visiblement, le tic-tac de son horloge biologique pressait suffisamment pour que ce soient les seules qualités requises. Non mais franchement ! Un multirécidiviste peut être sympathique et un eunuque fidèle. Le type aurait pu être immonde, rachitique, bigleux. Enfin... J'ai donc décidé de répondre à son courrier en dissimulant mon identité. En transe, la femme essayait à tout prix de hâter le premier rendez-vous avec ce qu'elle s'imaginait être le futur *père de ses enfants*, et moi, je m'amusais à faire durer le suspense. Au bout de deux mois, lassée par la platitude de ses envolées et le degré zéro de son style, j'ai répondu positivement au rendez-vous que cette greluche m'avait fixé dans un restaurant. Après m'être présentée et lui avoir rendu ses lettres, je lui ai expliqué qu'en plus d'être certainement dyslexique elle n'avait absolument aucune ambition et qu'à cause de femmes comme elle, passant tout aux hommes tellement elles sont désespérées à l'idée de se retrouver seules, nous autres nous retrouvions dans une société dirigée par des types se prenant pour les génies qu'ils étaient loin d'être, des gus attendant qu'on leur serve leur repas les doigts de pied en éventail, déblatérant sur leurs journées inintéressantes comme s'ils étaient des mâles alpha. Rien que cette lumière tamisée du restaurant où elle m'avait donné rendez-vous, et censée atténuer les signes d'un âge qu'elle n'assumait pas, illustrait le patriarcat auquel elle se soumettait volontairement. Nul doute que si on lui avait dit qu'elle faisait encore jeune, cette cruche aurait remercié son interlocuteur. – Tu as été dure tout de même. – Non. Figure-toi que le type de la table d'à côté a fait fronde contre moi avec elle, disant qu'il y en a marre des femmes qui en attendent trop des hommes. Ils sont certainement mariés avec des gosses à l'heure qu'il est. Ils s'entredévoraient des yeux quand j'ai fui devant la hideur de ce que Cupidon peut fomenter. » Et Madeleine a philosophiquement levé ses paumes vers le ciel, comme si elle avait injustement été mise au supplice pour avoir tenté de dire sa vérité.

Notre conversation s'est poursuivie avec allure, riche, agréable. Le verre est devenu pichet et le pichet est devenu bouteille quand Madeleine s'est subitement mise à rire aux larmes : « Regarde, c'est une véritable plancha derrière toi ! » Au travers des portes transparentes donnant sur les fourneaux de la cuisine, les deux cuistots étouffant dans les rissolements en tous genres des cuissons sautaient en cadence, rougeauds devant un fond de hotte métallique. « On dirait deux lardons dans une poêle », et ivres nous avons commencé à rire, de plus en plus fort, incapables de détacher nos yeux de cette scène d'une techno endiablée de deux lardons enlacés de tabliers blancs et graisseux. Les tables d'à côté semblaient agacées, mais le fou rire si sympathique avec ses yeux bleus et ses joues roses a bientôt cheminé au travers de la salle entière qui hoquetait sans comprendre pourquoi. Nous nous regardions tous, heureux, heureux d'être là à manger, heureux d'être ivres, jeunes, pleins des forces du vin que nous buvions et comme capables de tout. L'art du concept de fraternité prenait enfin sens et ces gens semblaient entériner notre union. Comme pris dans un manège bénéfique, Magali et Mathieu ne savaient plus où donner de la tête tant les gens commandaient de desserts et de digestifs. La société attablée donnait le *la* aux affiches de Mucha et de Toulouse-Lautrec encadrées au mur, participant à ces scènes de café venant d'un temps ancien. Paris était de nouveau vivant au cœur de l'un de ses quartiers, il se passait quelque chose, au cœur du Charivari où le pouls du « Tout peut arriver » battait. Les gens se prenaient à ne pas s'en tenir à la seule « formule » en y ajoutant des extras. Ils piétinaient leurs duègnes de téléphones, essayant de les ramener à leurs obligations. Certains les noyaient dans les pichets d'eau. D'autres les démantibulaient à coups de fourchettes et de pinces à escargots. La pause d'une heure trente réglementaire du déjeuner grossissait comme un Botero, indélogeable. Un chat a commencé à slalomer entre les tables, c'était celui de l'affiche du *Chat noir*, il se faisait les griffes sur les bas des femmes qu'il croisait et sur les pardessus traînant à terre suspendus au dos des chaises. Une femme s'est levée de sa banquette et sa jupe short blanche bouffante faisait comme le jupon de la Goulue entamant son french cancan. À défaut d'absinthe, sous un cadre une femme bleue au regard mélancolique et taciturne et au chignon sombre haut porté sirotait une liqueur de menthe à la glace pilée. Sous une caricature de Daumier représentant Louis-Philippe, deux bonshommes aux visages empâtés par des doubles mentons fastueux dégustaient des poires au chocolat et un homme fessu-ventru, sortant d'un autre cadre, ressemblant à un morse à froc beige, est rentré en collision avec un enfant qui a rebondi sur son ventre tendu et qui, comme un boomerang, a été par ce biais renvoyé sur son siège. Ma montre me faisait les gros yeux et je savais en la voyant faire frémir la moustache de ses aiguilles que mon métro m'attendait et qu'Henri devait fulminer.

C'est alors que, ne venant pas au métro, le métro

est venu à moi. Notre table s'est mise à trembler, à trembler, les lustres sursautaient et les souris qui couraient dans les faux plafonds ont commencé à tomber de toute part à l'intérieur des luminaires. J'entendais le bruit du klaxon, les haut-parleurs et l'annonce : « Un conducteur est demandé... Je répète, un conducteur est demandé à la station... Mesdames, messieurs, je vous informe que le conducteur de votre métro se goberge présentement rive gauche et se fiche de vos impératifs. Veuillez nous excuser pour la gêne occasionnée. » Notre nappe glissait à terre avec les secousses et, en tous sens, la vaisselle se brisait au sol. Alors sous les applaudissements des clients, on s'est mis à courir à toute vitesse dans les rues de Vavin. Sous nos pieds le métro faisait gondoler le bitume, il nous suivait en envoyant valser de son échine métallique les pavés des petites rues qu'on prenait pour le semer en nous faisant des crocs-en-jambe. Le soleil de l'avenue nous aveuglait et nous avons slalomé jusqu'au Luxembourg. Ne pouvant plus rien faire, ses secousses étouffées par l'herbe, on le voyait s'énerver sous les pistes de pétanque, faisant valdinguer le cochonnet et les boules des joueurs que cela rendait hystériques. Pieds nus, nous avons ressenti la délicieuse sensation de l'herbe grasse et fraîche. Les gens déjeunaient sur les pelouses et de grandes nappes blanches ou à carreaux créaient un concile gracile comme des voiles de bateaux à quai. On s'est arrêtés sous un petit kiosque en pierre pour mieux s'imprégner des odeurs : celle des sportifs qui couraient, celle des cafés que les promeneurs transportaient, celle de l'eau du bassin pas loin, des canards et de la mie de pain, celle ténue des feuillages, du savon et de la lessive, qui ressortait discrète et délicieuse, sous les caresses des rayons du soleil. « Que fait-on ? » m'a demandé Madeleine. Et je l'ai invitée à danser un rock. Elle était mal à l'aise dans son corps, raide, et n'arrivait pas à suivre le rythme. C'était très représentatif de ce qu'elle était, Madeleine avait une orbite différente ; alors en comète compatissante, j'ai inversé le problème et je me suis adapté à sa tonalité. Notre rock est devenu une sorte de slow acrobatique, ou saccadé, selon le spectateur. Et je sentais, contre moi, les os de ses hanches qui ressortaient au niveau du bassin, l'odeur légère de sa transpiration se mêlant à son parfum et quelques-unes de ses mèches qui me fouettaient le visage. Je sentais sa petite poitrine bouger d'avant en arrière, je sentais sous mes mains la cambrure de ses reins, je sentais ses pieds écraser mes orteils suppliant que cela s'arrête. Et on s'est embrassés, bien naturellement comme cela devait se faire. Nos dents se sont un peu entrechoquées et une coupure à sa lèvre, très légère, a donné au premier de nos baisers un petit goût de sang, ajoutant à nos effluves respectives quelque chose d'absolu, comme un pacte. On ne faisait pas attention aux passants, noués que nous étions par nos membres. Au bout d'un moment j'ai entendu un couple de vieillards dire : « Tu te rappelles ? », tandis que continuant de marcher la vieille dame posait sa tête contre l'épaule de son mari qui clopinait appuyé sur sa canne. Tu te rappelles ? Il faisait chaud, le lierre se multipliait sur les colonnades du kiosque de pierre, nous faisant un cadre comme celui des couples de plastique qui ornementent le haut des pièces montées. Quelque temps plus tard, nous étions, exténués, avachis dans les sièges en forme d'avions d'un manège ; Madeleine s'amusait à faire bisquer les mômes en mettant des coups dans la peluche attrape-crétin qui tournoyait au-dessus de nous et qu'ils essayaient de saisir. Quand la tête du gosse ne lui revenait pas elle ne lui laissait aucune chance, « Ce n'est pas pour cette fois le bonheur, tu vas devoir persévérer dans l'existence ». Le conducteur du manège a fini par être sorti de ses pensées sur l'Éternel Retour par une fronde de nains criant à l'injustice et il nous a chassés malgré nos billets. « Viens, j'ai encore soif », m'a dit Madeleine, et elle m'a, pieds nus toujours, entraîné jusqu'à un troquet voisin.

À cinq heures à peine passées, nous étions cuits et côte à côte pour la première fois ensemble sur le matelas de mon studio, ce qui arrive quand on fait l'amour à quelqu'un que l'on aime, même si cette fois-ci c'était encore trop plein du désir que l'on ne connaît pas chez l'autre pour être le véritable amour.

Avant de sombrer, Madeleine, pour la première fois, m'a fait jurer de veiller son sommeil. « Tu ne me laisseras pas survivre si je fais un AVC en dormant, tu me le promets ? – Je te le jure Madeleine, ai-je promis. Je veille sur ton sommeil », et elle a sombré, rassurée. Je l'ai regardée dormir. Une ombre s'est posée sur le rebord de ma fenêtre. C'était une ombre noire qui, incrédule, regardait dormir cet être étrange mais qui ne pouvait pénétrer la chambre car son heure n'était pas venue. Une palmeraie d'ombres mirifiques s'agitait sur les murs blancs et caressait le crucifix au mur. C'était ce que l'on nomme le bonheur. Bonheur qui contrasta d'autant plus avec l'accueil qu'Henri me réserva le lendemain au boulot et la gueule de bois dès potron-minet qui m'ouvrit les bras.

Faunes

Je vous ai présenté ma vie à l'air libre par son élément le plus chatoyant, ma femme, et il convient à présent de vous introduire à la faune souterraine par le plus clinquant de ses apôtres : René-Charles. René-Charles était l'un des artistes du métro qui rythmaient mes journées de conducteur sur la ligne 6. Ivre de jour comme de nuit, partout où il passait la sérénité trépassait. Sa spécialité première avait été d'imiter Donald Duck pour gagner sa croûte, spécialité que je n'avais pas eu le loisir de connaître mais qui selon les dires marchait très bien – avant qu'il n'en change pour celle que je lui ai connue – car il faisait ainsi rire des parents nostalgiques et des enfants impressionnables qui ne comprenaient pas que, derrière l'incompréhensible diction du canard, se cachaient de sombres jurons leur étant destinés et cela parce que René-Charles détestait le genre humain. Tout le genre humain ? Presque. Après Donald, un être avait trouvé grâce à ses yeux et fait évoluer sa carrière d'imitateur et j'avais eu vent des circonstances de cette histoire rocambolesque dès mes premiers jours à la Ratp. Il y avait plusieurs années de cela, alors qu'il se lançait dans une énième imitation du canard à vareuse, un riche passager américain qui avait eu la lubie de délaisser son chauffeur privé pour faire une courte incursion dans le métropolitain – il voulait apercevoir la façade de l'immeuble où *Le Dernier Tango* avait été tourné –, ne trouvant pas de monnaie à offrir à René-Charles qui lui était au demeurant très sympathique, lui avait cédé sa place pour un concert de Céline Dion. Après la Californie de Walt Disney, le Canada de Céline donc, et la légende voulait que René-Charles soit revenu transfiguré de l'Olympia et que sans attendre il ait refait toute la décoration de la studette qu'il occupait, enlevant la vingtaine de posters qui ornaient des murs alors punaisés d'affiches de films pour bambins et d'autographes obtenus de la main de pauvres intermittents travestis en Pluto, Dumbo – jamais Mickey qui dans son esprit était l'ennemi juré de Donald – et qui travaillaient pour arrondir leurs fins de mois dans des parcs d'attractions. Poubelle. Désormais les seules affiches sur lesquelles ses yeux devaient se porter étaient celles de sa nouvelle diva : Céline. Cela avait rassuré sa logeuse Mme Montenlert qui, ayant eu l'occasion d'admirer sa décoration particulière un soir qu'elle venait lui réclamer ses loyers en retard, se comportait en duègne espagnole avec les deux petites nièces qu'elle gardait le mercredi après-midi, leur interdisant de se promener seules dans les couloirs de l'immeuble où traînait ce type louche atteint du syndrome de Peter Pan. Le jour même où Mme Montenlert avait, heureuse, trouvé les posters Disney déchiquetés dans le local à poubelles de son immeuble, les usagers de la ligne 6 du métropolitain avaient été moins chanceux ; le Canada tout entier avait fait irruption dans l'imaginaire de travailleurs français se découvrant un ultranationalisme viscéral jusqu'alors ignoré. Le *staccatissimo* de certains morceaux de Céline permettait à René-Charles de reprendre régulièrement son souffle pour exiger de la monnaie et pour ce faire, attention, c'était un homme des plus psychologues. Il analysait la tête de chacun des voyageurs avant de leur dédier telle ou telle chanson : les plus tristes pour remettre à leur place les jeunes couples enamourés, les paroles pleines d'espérance et d'amour pour irriter les gothiques nihilistes. Rien, grâce à son flair aigu de l'autre, rien n'était laissé au hasard. La teigne René-Charles avait bien des cordes à son arc et il n'hésitait pas à se tenir au courant des informations pour alourdir sa bourse de quelques piécettes supplémentaires. « Rien ne doit être laissé au hasard, surtout en début de mois ! » aimait-il à répéter. Ainsi, à une période de revendication des droits de la femme particulièrement tendue, quand il se trouvait en présence de porteurs des chromosomes XY ne voulant pas l'aider, René-Charles brandissait l'argument sexiste envers le drôle et cherchait du regard le soutien des dames présentes aux alentours : « C'est parce que je joue les textes d'une femme que vous ne voulez pas m'aider ? Mes textes ne sont pas assez phallocrates ? » Confiant, avec bagou il égrénait ses réquisitoires envers tel ou tel passager, appuyant là où ça fait mal et pointant du doigt des misogynes qui s'ignoraient, des radins pathétiques et des brutes acculturées. Résultat, les passagers fuyaient – quitte à attendre six minutes le métro d'après au risque de se mettre en retard – ou s'allégeaient. Tout allait pour le mieux dans le meilleur des mondes et, incroyable mais vrai, René-Charles était une victorieuse machine à fric et cela tout du long des différentes phases de son ivresse journalière.

Généralement, son emploi du temps éthylique s'ordonnait de la manière suivante. Après le récital pêchu de morceaux de jeunesse de Céline et qui correspondaient à sa première phase, il sombrait peu à peu dans un spleen mélancolique. Pathétique, avec ses airs de cocker battu il faisait le plein de tickets-restaurant après avoir maugréé quelques accords de la musique de *Titanic* et cela avant d'entrer dans la troisième et dernière phase de sa journée (car il ne travaillait à mon arrivée que durant les heures creuses) : l'alcool mauvais et la technique dite du bout de scotch. Là, grand et blanc, il venait se coller du haut de son mètre quatre-vingt-dix à un passager préalablement repéré comme faible. Face à son air hargneux et à sa voix tonitruante, si c'était une femme elle donnait car elle avait peur qu'une injure détaillant l'un de ses défauts ne soit proférée devant tout le wagon, si c'était un homme, il donnait également, la corpulence de René-Charles, très imposant même titubant, lui laissant peu de doutes quant au vainqueur d'une possible rixe. Quoi qu'il en soit, le pire arrivait toujours lorsqu'un individu se croyant généreux tendait un sandwich à René-Charles. Le sandwich de la vertu se retrouvait immédiatement piétiné ou carrément disloqué sur la tête du passager, livide et dégoulinant de mayonnaise et de bouts de tomate. « Paternaliste ! Tu m'as pris pour un mioche ? Je n'ai pas le droit de décider ce que je fais de mon argent ? Ça te regarde en quoi, Monsieur la morale ? C'est parce que j'ai bonne mine que tu me catalogues comme un sac à vin ? Mais si on n'aime pas le vin, on la quitte, la France, Môsieur ! » René-Charles était très tatillon concernant sa rosacée.

Celui que l'on peut qualifier d'« homme d'affaires » du métro gagnait autant voire plus que pas mal des salariés qu'il taxait, un bon gros smic par mois, et s'il habitait encore dans une piaule quand j'ai fait sa connaissance, ce n'était pas pour des soucis pécuniaires. Non, si René-Charles, qui s'appelait en fait Erwan, avait décidé de continuer à habiter une chambre de bonne minuscule, ce n'était point pour des questions de bas de laine famélique, mais soi-disant pour des questions d'idéologie et de solidarité avec la classe étudiante, cette « grande muette oubliée de tous » vivant sous les combles. Mais attention, encore une fois, ses affections s'avéraient sectaires, car il n'aimait en fait qu'une catégorie précise du monde étudiant : celle de moins de trente ans (adieu les thésardes) et pourvue d'une qualité hautement estimable : la poitrine. Chance, hasard ? Le palier de sa chambre de bonne débouchait pile-poil dans l'axe d'une douche commune, et il pouvait donc chasser *at home* de la jeune fille fraîchement débarquée à Paris pour ses études et même, carrément, au seuil de la douche alors qu'elle n'était nippée que d'une serviette. René-Charles était toujours prêt à aider son prochain quand il était doté de deux jolis seins ne connaissant pas encore la gravité, et le bougre, locataire depuis plus de dix ans, avait avec ses économies fait installer une cabine de douche personnelle dans sa piaule, coquette et spacieuse comme une douche de chantier. Ainsi, c'était tôt le matin qu'il allait proposer aux jeunes filles disposées en rang d'oignons d'en dépanner une ou deux, refusant les trop maigres sous prétexte de soucis de siphon et encourageant les autres à venir utiliser le nouveau gel douche « saveur enfance » qui s'y trouvait pour gagner du temps sur la file. Sa technique n'avait jamais pris, mais René-Charles était un homme persévérant.

Maintenant que vous connaissez l'animal, venons-en au quotidien du métro et aux « incidents voyageur » liés à René-Charles. C'était dès son premier peton sur le quai qu'il ralentissait le trafic. D'année en année son melon grossissait et il ne voulait plus chanter que pour « la crème de la crème ». Se bloquant dans les portes du métro, il analysait la tête des passagers pour voir quel wagon méritait d'écouter du Céline Dion. Tel passager ressemblait à un journaliste de tabloïd s'étant moqué de la star, telle femme ressemblait à une diva en passe de faire de meilleures ventes que son idole. Nous n'étions pas trop de deux pour l'enguirlander et le faire sortir de force quand il allait trop loin, nanti qu'il était de deux bras épais comme des parpaings, musclés et aux poils roux, et dont les nouveaux tatouages dissimulaient mal ceux d'un certain canard duquel il avait été très proche par le passé. Quand nous le tirions aux forceps hors des wagons qu'il avait eu le temps de traumatiser, ses deux grandes jambes maigres, moulées par son sempiternel pantalon en simili-cuir, s'agitaient stupidement en tous sens, surplombées par une bedaine à bière montrée du doigt par le goulot de la bouteille de Guinness qui pointait de l'une des poches de son perfecto. Oui, René-Charles buvait de la Guinness qu'il pleuve ou qu'il vente, car il était très fier de ses origines gaéliques. La palme de la pénibilité lui revenait cependant les jours où il s'était levé tôt le matin. Ses phases éthyliques se succédaient alors à vitesse grand V et son niveau d'alcoolémie avoisinait les sommets de l'Olympe à quatorze heures à peine. C'est alors qu'il cherchait n'importe quel prétexte pour s'engueuler : tout regard lui semblait torve, tout pouffement était prétexte à duel, tout bâillement méritait réparation ! Pensez, il n'était plus raisonnable et il tentait même de s'en prendre – absurdité – à Melchior. Absurdité, pourquoi ? me demanderez-vous. Eh bien, car il est temps de vous présenter un nouveau compagnon de mon quotidien de conducteur : Melchior, saisissant contraste d'avec René-Charles : la gentillesse faite homme et l'un des plus fidèles épigones du Christ. C'était ce que l'on nomme un prédicateur, Melchior. Il faisait donc partie de ceux enchantant les vastes steppes de ma routine qui ne faisaient pas la manche, non pas qu'il n'en aurait pas eu besoin puisqu'il vivait dans un appartement du XVIIIe plus ou moins squatté avec sa femme, la mère de sa femme et ses cinq enfants. Mais non, où il était question de foi, pour lui, l'argent n'avait rien à faire et il déambulait dans les wagons pour apporter la parole divine à toute une foule d'usagers qui, pour la plupart, avaient grandi sous le frontispice d'un idéal républicain où la laïcité était, en plus d'un droit, une avancée sociale qui aurait permis de sortir des tréfonds obscurs d'une pensée magique moyenâgeuse. Les héritiers de ce temps des mâchicoulis encore visibles et que la loi de l'évolution n'avait pas éliminés étaient les scouts, les grenouilles de bénitier et les fils de bonne famille portant des pantalons en toile de couleur jaune, rouge, bleue. Pour beaucoup d'usagers se rendant au travail, les chrétiens vivaient dans un monde différent, flottant au-dessus des trottoirs de la vie réelle en une éternelle quête de messes et de cousines germaines à serre-tête à honorer. Bref, conscient de la nasse de préjugés auréolant le christianisme, Melchior prenait sa lourde tâche de réhabilitation à cœur, mais il n'était pas le seul et la diffusion du message eschatologique sur la ligne 6 comptait un autre redoutable prédicateur : Soren. Redoutable car aussi persuasif que Melchior, dont l'agapè et la bonhomie forçaient les sourires et les réflexions des usagers à émerger, mais dans un genre différent, car si tous les deux partageaient un amour sincère du même Dieu, ils étaient tout sauf d'accord sur la méthode à employer pour sauver les âmes des passagers des flammes éternelles. Quand Soren promettait l'enfer à tous ceux qui ne se repentaient pas et les pires sévices infernaux en citant l'Apocalypse, Melchior préférait la diffusion de la parole divine par des biais plus sympathiques et citait des paraboles ou des psaumes de Marie Noël. Quand Soren débarquait dans un wagon tout de noir habillé, un crucifix à la main, et plantait ses deux yeux bleus vengeurs sur la jupe jugée trop courte d'une jeune donzelle ou sur le téléphone dernier cri d'un damoiseau, Melchior, paré d'une chemise hawaïenne, récitait ses tirades sur un ton suave et le sourire aux lèvres. C'était donc un combat entre un Dieu glaive et un Christ berger qui se livrait sur la ligne 6. Mais boutade du destin, tous les deux avaient été amenés à travailler dans des pizzerias par le passé et, là aussi, de profonds différends les opposaient. Quand Soren encensait la pizza Bianca, Melchior rendait justice à la Margherita. Quand l'un louait les macaronis, l'autre s'attachait à auréoler d'importance les rigatonis. Mais malgré ces dissensions fondamentales, quand René-Charles s'en prenait à Melchior et à son « sourire d'abruti béat », parce qu'il était trop ivre, Soren, calmement, posait sa bible à papier fin et à couverture noire sur un siège et venait défendre son confrère en fichant un coup de genou net et précis dans les roubignoles de la tarentule à bedaine. Heureusement pour moi, les trois larrons, en un accord tacite, se répartissaient généralement de manière hétérogène les différents créneaux horaires de l'après-midi.

René-Charles, Soren, Melchior. De doux hurluberlus, il y en avait ! Et aussi parmi les contrôleurs, les guichetiers et les conducteurs. En tout cas, celui qu'il m'importe de vous présenter car ce fut un camarade de mon quotidien et surtout un ami, c'est Henri. Henri, je l'ai rencontré lors de mon premier jour comme conducteur. C'était l'un des doyens de la ligne 6 et il devait s'assurer que tout aille bien lors de ma dernière journée de formation. Il avait reçu pour mission de rester assis à côté de moi dans le wagon conducteur pour prendre des notes sur mes « réflexes et initiatives ». Le matin j'avais évité le piège classique qui m'avait été tendu par mes supérieurs (un passager qui se bloque dans les portes) et j'étais en train de m'apprêter à déjeuner en solitaire sur un coin de la table commune mise à notre disposition quand il est venu s'asseoir à côté de moi. Me voyant ouvrir la boîte en plastique dans laquelle j'avais écrabouillé une énorme plâtrée de coquillettes molles, il m'a demandé ce que c'était que « cette chose ». « Des coquillettes au beurre », ai-je platement répondu, tandis qu'il levait un sourcil argent broussailleux sans dissimuler qu'il trouvait que j'aimais me faire du mal. « Tu es célibataire, hein... », a-t-il lâché, et je me suis tu, par pudeur, car il eût été trop intime de lui expliquer pourquoi je m'étais préparé ce plat, moi qui évitais stratégiquement les tentatives culinaires immangeables de Madeleine. À cette époque, elle s'était mis en tête de m'épauler comme « toute femme normale le fait » et je voyais se succéder dans mon assiette des croque-monsieur en divers costumes, brûlés, crus, noyés sous un jaune d'œuf coagulé comme du plasma ou chapeautés par un couvre-chef de pain amolli par l'ajout de tomates aqueuses. Ce jour précis, j'avais en cachette cuisiné ces pâtes qui ne laisseraient pas d'odeur dans l'appartement – à méfait dissimulé, paix du ménage – et jeté dans la première poubelle citadine croisant mon passage le croque-monsieur radis/reblochon/vinaigrette qu'elle m'avait préparé, « pour que je prenne des forces ».

Généreux, après avoir attendu que je finisse mon plat à grand renfort d'eau, Henri m'a offert l'un des trois bouts de cake au citron qu'il avait apportés. Au moment de plier bagage, j'avais remarqué que nous étions comme tenus à l'écart et que les autres conducteurs semblaient faire preuve d'une certaine distance quand ils nous croisaient. Alors, après deux heures sans accroc de ma part dans ma cabine, je lui avais demandé si cela faisait longtemps qu'il exerçait ce métier. « Assez oui, m'avait-il répondu, évasif. – Et l'ambiance est sympathique ? » avais-je repris, m'accrochant en escaladeur déterminé à ses semblants de réponses. Il avait marqué une pause. « C'est à cause de la manière dont ils se comportent avec moi, hein, que tu m'demandes ça ? » Après un long silence il avait repris : « Non, non, ils sont tous bien les gars d'ici, c'est juste qu'ils me prennent pour un dingo depuis l'affaire et moi, je ne suis pas très causant… Ce qui ne les détrompe pas. C'est qu'ils ont peur que je leur porte la guigne vois-tu, on est assez superstitieux dans le métier. » Puis, comme honteux d'en avoir trop dit, il m'avait engueulé gratis : « Mais fais gaffe à l'aiguillage voyons, tu fiches n'importe quoi, bon allez ça suffit, assez parlé », ce qui ne l'avait pas empêché de me valider ma journée avec un commentaire louangeur inscrit en gros sur son rapport.

C'est plus tard que j'ai su ce qu'Henri voulait dire par « la guigne » et que l'on a pu en discuter tranquillement. Henri faisait partie des conducteurs qui n'avaient pas eu de chance, entendez qu'il avait séjourné dans l'un des centres pour ceux ayant écrasé quelqu'un. Cela lui était arrivé une fois et demie, la guigne. La première fois, c'était une enfant ; le manteau de la petite s'était pris dans les portes alors qu'elle descendait, au dernier moment, et Henri ne l'avait pas vue dans le rétroviseur quand il avait redémarré. Il l'avait traînée derrière lui sur le ballast durant plusieurs mètres, avant que les cris des voyageurs et la sonnette d'alarme ne l'avertissent. Trop tard, l'enfant n'était pas morte mais elle avait perdu son avant-bras des suites de sa blessure. Elle s'appelait Marta et il l'aimait depuis comme sa fille. Tout d'abord il avait été la voir à l'hôpital. « Tu peux pas imaginer, me disait Henri, tu peux pas imaginer l'horreur, quand je l'ai vue dans son lit. Elle me souriait et ça malgré la douleur. Elle ne m'en voulait même pas Marta. Après l'hôpital, j'ai continué à aller la voir les mercredis quand elle allait au parc. C'est comme si c'était ma petite et qu'on était liés, que je devais lui allouer du temps et de l'attention après ce que je lui avais fait. Tu peux pas imaginer l'horreur que c'était de voir ce petit oiseau de gamine courir au beau milieu des gosses de son âge avec un moignon brinquebalant d'un côté de sa robe à fleurs. Ça briserait le cœur à n'importe quelle brute cette vision. Moi je mets de l'argent de côté pour ses études. Chaque mois. Avec son handicap, il faut qu'elle fasse de bonnes études pour s'en sortir. » Je l'ai rencontrée Marta, mais bien plus tard. Elle était grande et belle, mais son regard portait c'est vrai quelque chose d'irrémédiablement mélancolique, comme celui de ces gens qui n'ont pas eu la chance d'avoir une enfance aussi heureuse que celle qui leur était initialement destinée. Celui de ces enfants qui ont trop tôt senti leur différence et le jugement ou la pitié qu'ils peuvent inspirer aux autres et qui ne sont plus dans le monde, mais juste au monde.

La deuxième malchance d'Henri a été un père de famille. Henri avait du mal à me le décrire, il se rappelait juste une silhouette enfermée dans un costume taupe un peu mal coupé et surplombée d'un crâne dégarni d'ibis chauve. Mais ce dont il se souvenait bien et même très bien, c'était du gros plan de ses yeux quand celui-ci avait tourné son regard vers lui avant de sauter. « Il était suffisamment près pour que je puisse pas y échapper. C'était le regard d'un homme qui n'en peut plus qu'il m'a légué. Sa peine, sa résignation, voilà la malédiction qu'il m'a transmise à moi, à moi qu'il connaissait pas. Quand tu vois ce regard, c'est comme le décalage entre tirer au loin sur un oiseau et égorger un cochon. Le déni est plus possible quand ça s'est passé trop près de chez toi. »

Henri revenait rarement sur la suite macabre de ce suicide, quand le trop-plein de fatigue faisait resurgir les émotions jusqu'au seuil de sa conscience. Après l'horrible moment où ils avaient soulevé les rails – instant où la plupart des malheureux meurent car le corps est sectionné alors que l'âme y tient encore –, il avait eu droit à des interrogatoires puis à des séances pour savoir s'il tenait le choc. « Moi j'avais pas envie de paraître friable, répétait Henri, j'avais pas envie de perdre mon emploi et puis je voulais pas rester chez moi à ressasser, alors j'ai dit que j'allais bien tu vois… Mais c'était fichu, j'avais tout le temps ce regard devant les yeux et ce pourpre du sang en tête. Ce regard je l'avais déjà vu et tout tourneboulait encore plus parce que ça remuait des choses auxquelles j'avais essayé de pas penser depuis môme. Ce type il avait le regard d'une biche que mon père m'avait emmené voir de près un jour que des chasseurs venaient de la tirer. Elle nous regardait de ses deux yeux noirs qui agonisaient, son corps tremblait, secoué par les petits hoquets de la vie qui s'en va, et je sentais la main qui tenait la mienne trembler elle aussi doucement.

Le lendemain, c'en était fini de mon enfance. Mon père était parti et il m'avait laissé avec la solitude de ma mère. Ce qui l'avait décidé à fuir sa vie qu'il n'aimait pas, c'était la décision de ne pas finir avec ce regard de bête qui veut qu'on l'achève parce qu'elle n'en peut plus, cette bête qui avait le même regard que le type du métro. »

Après l'accident Henri était rentré chez lui. C'est une semaine plus tard qu'il avait perdu les pédales. Il s'était réveillé durant la nuit avec des suées de bœuf et une boule dans le ventre qui lui remontait jusque dans la gorge. Se rendant dans sa salle de bains pour tenter de se remettre d'aplomb en se rafraîchissant avec l'eau glacée coulant du robinet, il avait constaté que des rigoles rouges et épaisses se mélangeaient à l'eau claire de la vasque. Levant les yeux, il avait vu le type plein de sang le fixer de son regard désespéré dans la glace et avait failli faire un malaise. C'est sa femme qui l'avait retrouvé recroquevillé sur le carrelage bleu de la salle de bains. Puis il y avait eu les bruits. Henri n'avait pas tout de suite entendu le son du choc du corps sur son wagon, l'image subie prenant tout le premier plan de sa mémoire. Mais maintenant au moindre son Henri sursautait ; le tambour de la machine à laver le ramenait sur la ligne 6, le bruit des toasts s'échappant du grille-pain c'était les chaussures du type qui cognaient contre l'acier de sa voiture, la sonnette c'était le son strident de ses roues essayant de freiner à toute vitesse, l'odeur de ses cigarettes c'était celle des étincelles qui avaient jailli sous l'effort des freins de la machine sur les rails. Alors, sa femme avait fini par téléphoner pour dire que même s'il avait fait le malin auprès des psychologues, il n'allait pas réussir à s'en sortir seul. Les hommes en blanc lui avaient tenu compagnie durant six mois. « Elle a été bien ma femme, me disait Henri, elle venait me voir presque tous les soirs et elle m'amenait des bandes dessinées et des sucreries. Elle est toujours bien d'ailleurs ma femme, me disait-il encore. Même si j'en aime aussi une autre toute de blanc vêtue », et il clignait de l'œil comme un jeune godelureau vivant une idylle mystérieuse et partageant suffisamment peu son secret pour ne pas le dévêtir de sa beauté.

Quand j'ai rencontré Henri, ses séquelles l'avaient laissé en paix. Enfin, toutes sauf une. C'est du moins ce que je me disais quand il évoquait sa dulcinée du métro, toute de blanc vêtue. Je me faisais l'effet du benêt à œillères, du bas du front, tandis qu'il répétait que quand tu donnes la mort, tu accèdes à un monde que les êtres normaux ne voient pas. « Quand tu donnes la mort, tu peux voir ce qui se cache derrière l'écorce première du réel, derrière le paravent des apparences. » Quoi qu'il en soit, Henri croyait dur comme fer à ce qu'il « percevait » et il apportait toujours une tranche de gâteau à celle qu'il appelait la Belle Dame et pour qui il avait le béguin. Non seulement il la voyait, mais il semble qu'ils discutaient, et le voir partir lors de ses pauses sur les rails avec ses parts de gâteau comprimées dans de l'aluminium, cela me faisait l'effet d'un milord se rendant à un thé pour papoter loin de la vulgarité des autres conducteurs. Je trouvais cela poétique. Je ne savais pas s'il s'amusait à me faire marcher ou s'il croyait à cette vision. « Elle ne se montre pas souvent, mon vieux, mais si tu savais ce qu'elle force le respect... », me serinait-il en disparaissant par l'entrée du tunnel, l'esprit déjà ailleurs et agitant l'index dans ma direction comme un professeur. « J'espère que tu auras la chance de la voir un jour », puis il se reprenait : « Enfin, non, faut pas que je te souhaite ça, ça voudrait dire que comme moi tu aurais vécu la mouise. » Bien sûr, les autres de la Ratp ne savaient pas qu'Henri pensait voir des fantômes – ce qui aurait été un coup à ce qu'il soit de nouveau arrêté. Ils ne savaient pas pour ses visions, Karim, Raphaël, Sonia, Bertrand et les autres, mais ils avaient à son égard une sorte de superstition animale qui leur dressait le poil à son approche. Un sixième sens semblait les avertir que la simplicité de leur vie serait remise en question s'ils le fréquentaient de trop près. Ils n'en restaient pas moins respectueux, emplis de compassion et d'une sorte d'horreur sacrée pour ceux qui comme lui avaient failli voir s'envoler au loin le bouchon de leur raison. C'était sa nature à Henri, fallait qu'il brode sur ce qui lui semblait anormal ou étrange car trop usuel. Comme Madeleine à sa façon, c'est pourquoi ils s'entendaient si bien. Si Dieu a gardé au cours de l'évolution les agités du bocal, c'est qu'ils ont une raison d'être et vivent plus longtemps dans la mémoire des autres.

Henri, tel le bourreau dans les sociétés anciennes, était nécessaire au groupe pour que celui-ci loue le destin de ne pas avoir été mis à sa place. Tous les deux, nous formions une bonne équipe, il m'a beaucoup appris et m'a présenté le moindre carrefour du métro, la moindre station abandonnée ou fermée : Haxo, Porte Molitor, Arsenal, la Voix-des-Fêtes, Mirabeau et ses étages, Cluny et ses trois voies... C'est pour cela que ça a été rude quand il est parti. Quand il est parti, je n'ai pas essayé de tisser de nouveaux liens avec les conducteurs. J'aime les gens, je les aime mais je ne peux pas les côtoyer trop franchement parce que j'y mets trop de moi-même et ça, c'est exténuant à la longue. C'est pénible, c'est même à la limite de la souffrance tout ce temps que l'on se doit d'accorder aux autres si l'on veut vraiment bien faire ; et ils ne s'en contentent jamais. J'aimais l'aspect révolu et tragique du départ d'Henri. Ça hissait nos moments et cette période sur un piédestal, ça les rendait précieux. Cela me créait une prestance psychologique de vieux sage revenu de bien des situations et de penseur philosophant sur la cruauté du temps qui dévore ses propres secondes. Quand Henri est parti, bien des souvenirs auxquels il avait assisté ont déserté les stations, cela a fait plus de place pour les vivants mais le temps ne me semblait plus logique et linéaire, il me semblait trop présent, comme s'il avait désormais collé à mes semelles. On a continué en s'envoyant des cartes postales où l'un comme l'autre, on n'écrivait rien au dos. On se contentait de recevoir cette pensée amie sans le rococo d'émotions des petits mots qui se périment. Notre amitié était et elle se traduisait par ce simple envoi postal régulier qui ornementait nos frigos respectifs, les carrelant d'une faïence différente de celle du métro, une faïence cartonnée.

Quotidiens

Bien des fois, je suis arrivé au travail avec les yeux pas en face des trous. Les engueulades, cela fait partie du couple et chacun a sa pierre d'achoppement particulière. Chez certains, ce peut être cet évaporé de mari qui a encore laissé traîner ses souliers au milieu du tapis. Chez d'autres, c'est la décoration du sapin de Noël. Ce sont des broutilles derrière lesquelles se profilent souvent des dissensions plus profondes. Prenons la décoration du sapin par exemple, le mari en question, un beau soir, se rend compte que le pauvre arbre qu'il est allé chercher au magasin la veille a disparu derrière une décoration lourde et ostentatoire. Le sapin supplie, il étouffe, il ne veut pas ressembler à ces pauvres femmes qui, n'ayant pas l'habitude du beau monde, revêtent tous leurs plus beaux atours à la fois pour une petite sortie mondaine de rien du tout. Lui, le type, aime ce qui est naturel, il aime le sapin pour ce qu'il est : un sapin, tout comme il aime sa femme quand elle n'arbore pas une teinture criant

« coiffeur ». Alors, ce que ce mari ne peut faire changer à sa moitié se transpose sur ce conifère à sauver coûte que coûte. Dès que sa dame a le dos tourné, le mari enlève une ou deux boules, une guirlande, il éteint les lumignons, et c'est le scandale car rien n'échappe à Madame qui a bien vu que des boules se sont fait la malle et que des lumières ont été éteintes. C'est un radin qui veut économiser l'électricité, c'est un rabat-joie qui n'aime pas ce qui est joyeux, c'est un inspecteur des travaux finis et ça part dans les aigus devant Didier, sept ans, qui subodore que la période des fêtes est l'une des plus tendues de l'année mais aussi celle où il faut avoir l'air le plus heureux. Le mari se voit reprocher de ne jamais faire « l'effort de » et il ne peut rien rétorquer parce que ce serait salaud de dire à sa femme qu'il voulait juste que le sapin ne lui ressemble pas en ce jour de Noël, où elle pétarade dans sa nouvelle robe aux tonalités trop franches. La période des fêtes est terrible car elle étaye ce qui était supputé : ô surprise Monsieur en costume n'est pas Sean Connery, ô stupeur Madame en robe pastel ressemble plus à une rosette de Lyon qu'à une peinture préraphaélite.

Mais laissons là ces détails, qui n'en sont pas pour certains, et revenons-en à la cause majeure de mes embrouillaminis conjugaux. Avec Madeleine, la pierre d'achoppement de nos disputes, c'était la médecine. Car Madeleine était ce que l'on pouvait appeler une hypocondriaque dernier stade. Celui qui n'a pas côtoyé un être ne vivant jamais « dans le silence de ses organes » peut penser qu'un hypocondriaque c'est drôle, un peu comme d'avoir un clown nommé Woody Allen à domicile. Il n'en est rien. Pour un quidam, chaque organe a une fonction ; pour l'hypocondriaque, chaque organe est une source potentielle de maladie. Madeleine – au demeurant charmante avec les personnes qu'elle croisait lors de ses intérims puisqu'elle leur faisait économiser l'argent de potentielles consultations – avait, à force de maladies supputées, développé des connaissances médicales assez bluffantes et elle me semblait souvent être un exact mélange du Docteur Knock et de Tartarin de Tarascon. Par ailleurs, ce que ses confrères d'intérim ne savaient pas, c'est qu'il n'y avait aucun altruisme de sa part quand elle les diagnostiquait. Ils n'étaient pour elle que des enveloppes corporelles dénuées d'âme, de sentiments et surtout de devenir. Un éternuement, un nez qui coule, soudain l'un d'entre eux qui ne s'était jamais vu adresser un bonjour se trouvait auréolé d'une importance démesurée. Les questions de Madeleine disséquaient le gus encore vivant, lui qui la voyant sourire lui livrait jusqu'au plus intime de ses symptômes. Une fois sa soif d'informations sur la carcasse de l'individu présent repue, elle tirait une bobine hautaine si la maladie ne lui semblait pas assez noble et semblait signifier qu'on lui avait fait perdre son temps, ou bien, au contraire, réjouie des pistes qu'elle envisageait, le plantait sans un au revoir. Pour mettre en confiance les suspicieux la trouvant intrusive ou impudique dans ses questions, Madeleine s'anoblissait toute seule en mentant comme une arracheuse de dents. Contrairement aux légendes qu'elle avait savamment distillées autour d'elle, non, elle n'était pas la fille d'un célèbre chirurgien russe obligé de fuir l'ire stalinienne après avoir sauvé de la mort d'aristocrates triplés siamois. Non, son arrière-grand-mère n'était pas décédée dans les bras de son amant Semmelweis, qui, aveuglé par la passion, aurait pour l'occasion oublié de se laver les mains. Non, Pasteur n'avait pas confié à l'un de ses aïeuls que sa découverte du vaccin contre la rage était fortuite et qu'il cherchait juste un remède à sa chaude-pisse. Et, non, Madeleine n'avait pas non plus interrompu de brillantes études de médecine parisiennes pour protester contre le plan machiavélique de laboratoires hissant haut le prix de leurs médicaments pour se débarrasser des pauvres et nourrir leur projet eugéniste de la seule survie des riches. Reproduction des élites encouragée par la science... Non, toutes ces histoires abracadabrantesques lui servaient uniquement à tester son effrayant pouvoir de persuasion sur de pauvres êtres en manque de culture générale. Madeleine n'était, contrairement à ce que son physique d'oie blanche pouvait laisser croire, ni altruiste ni pleine de compassion à l'égard de son prochain et, si elle lui évitait le prix d'une consultation onéreuse, ce n'était que pour enrichir ses propres connaissances et se distraire un peu.

Pour Madeleine, les maladies étaient comme des enquêtes policières avec leurs indices qui seraient les symptômes et leur issue fracassante qui était la mort. Devant le fumet d'un corps affaibli, elle prenait sa tête d'inspecteur soucieux mais zélé, levait l'un de ses sourcils et touchait le haut de l'arête de son nez comme si elle y replaçait d'invisibles lunettes. « Mmmh, mmh, c'est plutôt gonflé ou ballonné tout ça ? Ça lance ou ça irradie cette douleur ? Eczéma, dermatose ou psoriasis. Mmh mmh, perlèche, je vois. » Quand elle était sur une piste, j'avais l'impression d'être en colocation avec le terrible inspecteur Harry. Décoiffée, le front plissé par l'effort de sa concentration, la clope au bec et une tasse de café tiède en équilibre sur une pile de documentation, quand ce n'était pas un verre de vin rouge, j'aurais voulu qu'elle réintègre le film noir d'où elle s'était échappée. L'ersatz de petite amie à front ridé qu'était devenue Madeleine s'attaquait, sans avoir été chargée de l'affaire, à des personnes vivantes ou fictives et elle aimait ménager ses effets quand elle sentait que l'une de ses épineuses enquêtes intérieures touchait au but. Après ce qu'elle jugeait être un long suspense (dix minutes depuis le début du film), elle m'assénait avec un air supérieur le nom de la maladie qu'elle supputait X ou Y de développer et cela car : il avait décrété avoir froid en pénétrant chez l'un de ses amis alors que toutes les fenêtres étaient fermées (grippe), il avait refusé de boire un expresso à à peine quatorze heures sous prétexte qu'il était trop tard (ulcère), il avait demandé trop prestement à s'asseoir (chute de tension). Après un choc à la tête, si un figurant de série se montrait trop dynamique, elle ricanait en demandant bien fort et pleine de superbe si « l'imbécile réalisateur » avait eu vent de ce qu'était un traumatisme crânien. Si une actrice était trop maigre, cela était lié à Crohn ou à de la cachexie ; une voix jugée anormalement grave, c'étaient de dangereux polypes pullulant sur les cordes vocales. Eugénie Grandet avait le teint jaune, c'était lié au système biliaire. Tel autre avait le teint rougeaud, cela était forcément lié à un flush, inéluctable conséquence d'un dérèglement thyroïdien, et non pas à un excès de punch. Dans le contexte d'une série hospitalière, Madeleine en venait même à contester les diagnostics des internes et se plaignait du fait qu'ils mettaient mal leurs gants, leur masque et ne respectaient pas « le protocole », participant à la propagation de maladies hautement contagieuses. Devant *Le Seigneur des anneaux*, le Mordor, terre infernale décrite par Tolkien et habitée par les puissances maléfiques, devenait une métaphore des parties dites « molles » du corps humain, ces zones pernicieuses et difficilement diagnosticables dont seuls les preux se décidaient à braver la prise en charge, allant, d'IRM en IRM, aux dépens de leur temps mais en quête de la Vérité. Devant un match de foot voyant s'affronter des équipes habillées de rouge et de blanc, c'était des globules qui apparaissaient à Madeleine, globules se chamaillant la primeur d'une pathologie, leucémie pour les blancs ou tumeur rénale pour les rouges. Bref, personne n'allait jamais vraiment bien, et, si tel semblait être le cas, c'est que la personne couvait une pathologie psychique pire encore, quelque chose que l'on se traîne à vie sans rémission possible. À la question « Comment vas-tu ? », si l'un des personnages répondait trop vivement « Très bien ! Merci ! Et toi ? », il ne faisait aucun doute que le pauvre loustic avait en fait touché le fond et qu'atteint d'une bipolarité aiguë, sa sensation de quiétude momentanée était en fait révélatrice de la phase maniaque euphorique qu'il traversait. S'il avait été « vraiment bien », selon Madeleine, il aurait juste répondu, modestement, « pour l'instant j'ai l'impression d'aller bien », ce qui aurait indiqué qu'il savait qu'il souffrait de névroses et de tares contenues dans son ADN, prêtes à surgir à tout instant selon son cadre de vie et que cela s'appelait le code génétique ; répondre à la va-vite qu'on allait bien soulignait donc le manque de vision globale d'un individu assurément stupide.

L'irritabilité de Madeleine s'étendait à bien d'autres personnes que les laxistes des prises de rendez-vous médicaux, pullulant de germes à transmettre. Les dîners étaient une autre pierre d'achoppement sur le mur de notre entente cordiale. Si nous recevions, ce qui était rare, incapable de s'enthousiasmer devant une photo de « mouflet » brandie par une mère de famille, elle s'enquérait de savoir s'il allait bientôt avoir des dents, si le sexe de l'enfant allait grandir tout à coup ou quand sa peau allait perdre son « odeur douceâtre ». Devant une femme enceinte, elle lui demandait la durée de son arrêt maladie. Confrontée à une alliance ou à une bague de fiançailles, elle changeait carrément de sujet, prétendant ne rien voir, et mise en présence de la révélation d'une promotion, elle demandait carrément « De combien ? », comme si l'argent était le seul intérêt que le bougre qui s'était emmerdé à cirer les pompes de son boss durant six ans visait. Incapable de cuisiner quelque chose de mangeable, même lorsqu'elle se contentait de dépoter un pâté, elle réussissait à le faire ressembler à de la nourriture canine et nos dîners s'étaient donc espacés puisque à leur ambiance particulière s'ajoutaient des mixtures peu ragoûtantes. Et ce n'était pas qu'une question de mangeaille. Tout était prétexte à difficultés. Par exemple, si l'écueil de la préparation culinaire était contourné car je débarquais « Surprise ! » avec des produits italiens de chez le traiteur, survenait l'existentiel obstacle : les êtres l'ennuyaient. Plus ils la barbaient, plus Madeleine buvait, et j'ai en mémoire des soirées entières où c'était à se demander si elle n'était pas embauchée comme serveuse dans son propre logis tant elle ne lâchait pas la bouteille des mains une seconde. Il fallait attendre le coup de sonnette signifiant l'arrivée des convives pour qu'elle se rappelle que si l'humanité ne l'appréciait pas beaucoup, elle ne le lui rendait que très bien, son enthousiasme désertant, elle lançait des regards de biche traquée à l'horloge murale. Un jour que je faisais visiter l'appartement à un couple de connaissances après l'apéritif, je vous promets sur mes grands dieux que j'ai vu Madeleine, échevelée, redescendre d'un tabouret et arborant son air de petite fille coupable – elle avait avancé les aiguilles d'une heure quinze. Nous nous contentions donc, lorsqu'un vent de fraîcheur s'avérait nécessaire, des rencontres superficielles de certaines boîtes d'intérim où elle avait récemment travaillé. Ces gens ne comptaient que peu à ses yeux car elle ne les côtoyait qu'un à deux mois voire une poignée de jours, elle se permettait donc d'agir à sa guise, quitte à picoler comme un trou. Babette-de-la-comptabilité se retrouvait questionnée sur la longévité de ses parents et arrière-grands-parents. Si ses ascendances étaient situées dans le nord de la France, Madeleine observait le débit de boissons du sujet en souriant, toujours prête à le resservir. S'ils étaient de la Sarthe ou d'une autre région, elle se lançait dans l'exposition des grandes épidémies qui s'y étaient déroulées sur un ton épique. « Tu as passé toutes tes vacances d'été dans ta maison familiale du Gard et tu ne sais pas si l'un de tes grands-parents est mort lors des hystéries collectives ? Quel sens de la famille ! Les champignons dans la levure, le LSD, la CIA, le bacille de Koch ? Non, ça ne te dit rien ?! » « Ton arrière-grand-mère est bretonne et tu ne sais pas si elle avait des soucis artériels liés à une surconsommation saline ? » Non, sa curiosité était toujours lésée et elle maudissait, dépitée, la consubstantielle paresse intellectuelle des êtres humains en s'amusant à imaginer de quoi celui qui venait de quitter notre table allait être emporté. À la maladie diagnostiquée, je savais si elle avait apprécié notre soirée. Le pancréas, c'était qu'elle avait détesté le repas car on en mourait très rapidement. Le foie, l'espoir était permis et Madeleine se réservait d'autres dîners avec notre convive avant d'apposer son verdict définitif. La leucémie, qui se soignait désormais bien, à condition d'être adulte et pas enceinte, faisait écho à un dîner enchanteur. Et pour finir, que la soirée ait été réussie ou non, elle s'accordait toujours comme digestif le plaisir d'assassiner les couples heureux en misant sur du Charcot ou du Behçet, inventant des mélodrames dont le nœud gordien tenait à la trouvaille soudaine d'une maladie neurodégénérative remettant en question leurs orgueilleux projets d'avenir, leur amour désormais tragiquement « mis à l'épreuve de la maladie ».

Brandon, je serai toujours folle amoureuse de toi et cela jusqu'à mon dernier souffle. C'est vrai Jena ? Tu me rassures car j'ai un aveu à te faire. J'ai appris ce matin que je serai bientôt paralysé dans un fauteuil et incapable de te faire l'amour. Me nourriras-tu bien à la cuillère avec mes cinq fruits et légumes par jour ? Jena ? Jena mon aimée, que se passe-t-il, tu es toute pâle ?

Mais attention, là où l'imbécile juge durement les autres et se passe tout, Madeleine était à son endroit mille fois plus dure qu'envers son prochain. Chaque nouvelle journée apportait une nouvelle crainte. Il y avait les phases bouche, palais, langue, estomac ; les phases poumons, reins, vessie. Et cela ne s'arrêtait jamais puisque dès qu'elle sortait de chez le médecin qui lui avait expliqué que ses analyses sanguines et ses radiographies étaient on ne peut plus parfaites, il fallait ouvrir une nouvelle enquête sur un organe potentiellement cancéreux. Croyez-le ou non, elle m'avait même fait le coup du cancer de la prostate et ce n'était pas de m'entendre ricaner qui l'avait fait se sentir horriblement humiliée, mais de savoir qu'elle ne pouvait pas développer une maladie dont elle avait pourtant tous les symptômes parce que : « C'est encore l'apanage des hommes ! »

Quand tous les cancers avaient été envisagés ? La ronde pouvait recommencer.

Valses diurnes

À la médecine du travail, ils ne comprenaient pas grand-chose à ce que je racontais lorsque j'essayais de leur expliquer que mes soucis de dos n'étaient pas liés à un problème de siège, mais au poids de tous ces travailleurs à attaché-case que je traînais derrière moi. J'étais sans arrêt comme un lutteur, avec le seul moteur de ma volonté pour tirer tous ces gens qui ne voulaient la plupart du temps pas y aller. Il aurait suffi que comme eux, je me dise « non, aujourd'hui je n'ai pas envie », pour que le métro ne remonte jamais la partition de sa rame. Sous prétexte qu'ils avaient fait l'effort de se lever et de s'habiller, hop ils s'asseyaient et c'était à moi de tout faire, à moi de tracter cet énorme écheveau de poids humain et moral sur mes épaules ! Quand je pénétrais dans le tunnel, après la blancheur des stations, le noir me faisait accommoder, ré-accommoder, tandis que de toute la force de mon dos d'acier je fendais l'atmosphère et que mon corps se couvrait de particules métalliques et de fumée. Les rails rougis, comme dans une forge, dégageaient une odeur de brûlé et la volière des ombres s'évadait de devant mes roues d'homme-train pour aller se dissimuler dans les excavations. C'était un sacré poids pour moi de participer à cette mascarade du travail qui enferme plus qu'il ne libère, alors je faisais un barème et dans la portée il y en avait aussi qui aimaient leur emploi, certains à qui cela permettait d'éviter la promiscuité dans des appartements trop petits et d'autres qui se rendaient à un poste qui les mènerait ensuite à un autre, puis à un autre, qui celui-ci les accomplirait peut-être.

Je pouvais changer des destins, moi ! Pour cela, il suffisait d'une minute en plus ou d'une minute en moins. Une seconde en plus ? Une seconde en moins ? Cela pouvait me rendre toqué cette question. Une minute en moins : Alexandra sera en avance et croisera sur le quai Bruno, père de ses futurs enfants, qui la sauvera du spleen démoniaque de la vieille fille. Une minute en plus, Nathanaël se fera houspiller et verra son augmentation lui passer sous le nez car « l'exactitude est le moteur premier de l'ascension sociale ». Bref, j'étais capital à des gens qui l'ignoraient et j'avais des maux de dos, d'épaules, des lumbagos parfois, et cela j'essayais en vain de l'expliquer à la médecine du travail. Alors pour qu'ils ne se disent pas que j'étais complètement brindezingue, je finissais par dire que, oui, rester assis toute la journée, ce devait effectivement être mauvais pour ma colonne vertébrale et mes muscles dorsaux. De toute manière, à la médecine du travail, ce qu'ils redoutaient, c'était que la pollution bousille nos poumons ou qu'il reste de l'amiante dans la peinture des wagons, ce qui clairement pouvait mener à des poursuites judiciaires, alors je ne creusais pas trop avec eux mes réflexions, d'autant plus que mes douleurs relevaient clairement de la somatisation. Mes symptômes intervenaient principalement lorsque je conduisais les premiers métros. Tandis que l'après-midi, hop, j'étais redevenu frais comme un gardon. Le stress évacué, je me rappelais que j'étais payé à me promener dans l'une des plus belles villes du monde, à la tête d'un métro pas si loin du train électrique de mes sept ans, et j'appréciais le côté sociologique émanant du fait de côtoyer tant de profils d'hommes. Cela me grisait, cette découverte des nouvelles bobines m'attendant sur les quais. J'aimais la différence de population des passagers du mercredi, qui sont un peu plus dans le vagabondage contemplatif que dans le damier des rendez-vous et contraintes meublant les autres jours de la semaine. Le mercredi c'était également joyeux grâce aux gosses et aux baby-sitters, aux mères et aux enfants en tenue de judo, aux têtes enchignonnées de petites qui se rendaient à la danse. Émile qui sortait de la piscine empestait le chlore et avait peur d'avoir chopé des verrues dans le pédiluve, André avec sa raquette de tennis sentait que ses hautes chaussettes blanches peinaient à rester en place tant ses mollets étaient encore grêles. Alexandre replaçait discrètement sa mèche sur un bouton, Nadège observait la lèvre supérieure de son meilleur copain sans oser lui dire que son duvet lui donnait l'air d'un poisson-chat. Le pauvre Hubert mettait son sac à dos si bas qu'il finirait par se prendre les pieds dedans et Déborah, Déborah se préparait une belle aérophagie à mâcher ses continuels chewing-gums aux fruits tropicaux.

Puis il y avait l'effet que procure l'arrivée de la fin de semaine sur les faciès, ceux un peu ivres et joyeux des vendredis et samedis soir. J'étais seul chef à bord et je me laissais aller à mes théories. La lumière des stations extérieures me permettait d'apprécier encore plus la pénombre tranquille et rassurante de celles souterraines. Derrière la chemise blanche de la station carrelée, apparaissait le tunnel qui mène au cœur du métro, cette artère dont les parois s'ornent d'un entrelacs de vaisseaux faits de câbles rouges et gris. Les nippes des stations derrière, comme un globule je pénétrais à la tête de mon wagon les organes du métropolitain, ses tunnels, ses carrefours, sa voûte et ses virages. J'étais au contact d'une âme qui n'était pas la mienne et pris dans le mouvement d'un organisme plus large, dans l'abîme d'un organisme chaud et vertigineux. Cela touchait à quelque chose de sacré les gorges du tunnel et je me sentais bien à l'intérieur de ce corps labyrinthique qui n'était pas le mien et qui me happait en une sorte d'ivresse des profondeurs, avant de me recracher à l'air libre.

Je descendais pour mieux remonter et j'imaginais les tremblements que je transmettais au mobilier des immeubles situés au-dessus. Une tête de cochon sauce ravigote cuisinée dans un faitout commençait à bouger devant les yeux d'un môme effrayé. Le luminaire éclairant la belotte de Nadine et Marcel tanguait comme dans un film noir. Un perroquet endormi se voyait éjecté de sa balancelle. Les carrés de sucre se réduisaient en poudre dans les placards. Léonard essuyait une gifle car ses claque-doigts avaient explosé. Une mouche dérangée par l'une de mes secousses allait se fiche en boule dans la bouche d'un vieux monsieur endormi et se retrouvait prise au piège dans sa colle à dentier.

Je m'amusais aussi à me prendre pour une nurse faisant faire à mes voyageurs une promenade de santé pour leur redonner forces et couleurs, comme à de vieux malades en maison de repos ayant droit à d'occasionnelles sorties. Quand je les retrouvais à la porte de leur lit, ça me faisait l'effet qu'ils pouvaient être réduits en cendre, loin de leurs lumières tamisées d'intérieur. Ils plissaient le nez, les yeux, les pommettes. L'après-midi, ils s'étaient habitués à arpenter les nuances réfléchies par les façades et la géographie des sols et des hauts immeubles. La lumière vive des quatorze heures, celle plus orangée de dix-sept heures, celle cendrée de la rive droite ou plus jaune ocre de la rive gauche. Secoué par les soubresauts du métro, j'ânonnais les stations : « Mesdames, messieurs, voici Saint-Jacques. Saint-Jacques, tranchée à fleur de sol ! Saint-Jacques la délicate, ni viaduc ni chtonienne ! », « Attention aux mirettes, mesdames-messieurs, nous redescendons sous terre. Pasteur est derrière nous désormais, gaffe aux haut-le-cœur ! »... Et je les ramenais en sécurité chez eux le soir, les berçant doucement loin de l'injonction au harponnage du monde : « Allez les enfants, il est temps de rentrer, c'est fini pour aujourd'hui. Terminus tout le monde descend. Ce métro ne prend plus de voyageurs. » Le soir ! Ah ! Le soir c'était bien là où mon métro s'offrait le plus beau des panoramas, quand il faisait nuit et que la lumière artificielle, enveloppante, baignait les wagons individuels comme une veilleuse plafonnière. Au travers des paupières closes de la nuit filtraient les prunelles des intérieurs allumés donnant sur la rame. C'était toujours Noël quand le jour tombé faisait se mêler à mes phares l'atmosphère bleutée des soirées sereines.

Dans cette ambiance de veillée des voyages nocturnes, me revenait en mémoire l'histoire de certaines stations que l'on se répétait de génération de conducteurs en génération de conducteurs. Les péripéties du Père Métro, Fulgence Bienvenüe, l'inondation de

1910, les quatre-vingt-quatre morts empoisonnés à l'oxyde de carbone suite à un court-circuit, le meurtre du 16 mai 1937 où une splendide femme de trente ans avait été retrouvée poignardée dans son wagon de première, certainement par son amant jaloux de l'avoir surprise avec un autre. Un fait divers assez tire-larmes et que j'aimais beaucoup, c'était celui s'étant déroulé en 1906 à la station Sèvres-Lecourbe quand elle se nommait encore Avenue-de-Suffren. J'y pensais lorsque mon wagon frôlait les dernières hautes façades de pierre avant de s'enfoncer dans le tunnel menant à Pasteur. L'un des immeubles attirait particulièrement l'œil par sa blancheur et parce qu'un immense médaillon de pierre aveugle ornait sa façade. Cette marie-louise architecturale avait dans le temps accueilli une affiche peinte représentant le gracieux visage d'une actrice très en vogue. La légende voulait qu'à chacune de ses représentations, les fleuristes parisiens aient été littéralement dévalisés, ce qui rendait les femmes de l'époque très hargneuses mais qui faisait le bonheur des fruitiers puisqu'elles égayaient alors leur intérieur lésé de corbeilles d'ananas et de fruits exotiques en tout genre. Daphné du Quillard, tel était le nom de la belle, était arrivée à Paris alors qu'elle n'était qu'une enfant. Sa mère avait travaillé comme couturière rue des Rosiers, puis, son agilité d'aiguille s'ébruitant, elle avait été embauchée par un prestigieux Opéra pour en confectionner les costumes.

Un jour qu'elle y était restée plus tard que d'habitude, sa fille endormie non loin d'elle, son directeur dénommé Gustave Rondjambe lui trouva un air de « Vierge de l'humilité » qui lui plut fort. Comme son premier mari, le père de Daphné, il la séduisit pour mieux l'abandonner et, craignant un esclandre car il était marié, il la fit renvoyer par-dessus le marché. Pensant lui avoir déplu, dépitée mais bien décidée à ne pas se laisser faire, la mère se mit alors au défi de se fabriquer la robe la plus affriolante qui soit pour le reconquérir. Il verrait qu'elle valait ses divas une fois bien mise ! Malheureusement, la rudesse de l'hiver et ses nombreux essayages la firent tomber malade et elle contracta une pneumonie qui finit par l'emporter alors qu'elle venait d'apposer le dernier ruban à sa tenue de bal. Un terreau parfait pour une vengeance, deuxième acte de notre tragicomédie. Voici l'héritage qui fut celui de Daphné du Quillard quand elle se trouva mise à l'orphelinat : l'amour des beaux effets et la haine des hommes. Daphné grandit, délicate comme sa mère mais pourvue de ce qui manquait à celle-ci : ce soupçon de colère qui peut donner à un visage plaisant un mordant exceptionnel. Devenue femme, de cabaret en cabaret, de scène en scène, Daphné perfectionna sa danse, son chant, son maintien, pour finalement réussir à se hisser en haut de l'affiche. Un soir, informée de la venue de Gustave Rondjambe, curieux de voir celle que le Tout-Paris s'arrachait, elle revêtit la robe de sa mère. Bien sûr, il développa une immédiate passion pour elle et Daphné, après l'avoir plusieurs fois reçu et avoir accepté ses présents, après l'avoir comme encouragé, le battit soudainement froid. Elle l'humilia, lui ferma sa loge, lui préféra la compagnie de tout autre Monsieur que lui. Il se ruina pour tenter de la reconquérir, ne comprenant pas ce si soudain revirement, et y laissa jusqu'à sa dernière pièce d'argenterie. La légende voulait qu'il se soit suicidé d'un coup de revolver et Daphné, heureuse mais dont la haine n'était pas atténuée, continua de briser des cœurs, elle qui était incapable d'aimer. Incapable jusqu'à ce soir précis où, lors d'une de ses représentations, elle pausa les yeux sur l'être le plus délicieux qui lui ait été donné de contempler. Un *putto* ! Beauminon Lassis de Lachasse. Gâté depuis son plus jeune âge, il avait été élevé dans l'unique et aristocratique entourage des amies de sa mère et il était fat, mais sans que cela se sache car la beauté peut donner à ce vilain défaut l'aspect d'une légèreté charmante. Beauminon Lassis de Lachasse ne s'était jamais rien vu refuser et Daphné, plus âgée que lui de dix ans, lui sembla absolument « exotique ». Il la voulait, nul doute qu'il l'aurait son artiste ! Et il l'eut, il faut bien le dire, sans trop de difficultés. À chacune de ses représentations, Beauminon lui offrait un nouveau foulard de soie rouge symbolisant sa passion pour elle, foulard qu'elle attachait à sa nuque qu'elle avait très longue. Mais l'oisif vite se lasse et le distingué coquet fit un jour la rencontre d'Alexandrine, une jeune fille de son âge, aussi blonde et capricieuse qu'il l'était.

Troisième acte : le drame. Daphné voyant la fougue déserter son amant et leurs rendez-vous s'espacer, suspicieuse, se travestit sous une lourde capeline pour le suivre jusqu'au parc Monceau. Dissimulée comme une voleuse derrière une roseraie, elle les observa se promener. Leurs deux visages poupons, l'ombrelle partagée, le regard admiratif des passants : nul ne pouvait douter que ces deux-là étaient destinés l'un à l'autre. Humiliée, et désireuse de mettre fin à la malédiction des femmes trompées qu'elle portait en son sang, Daphné revêtit une dernière fois la robe de sa mère. Le lendemain, le 24 avril 1906, on inaugurait la station Avenue-de-Suffren avec la mise en service du tronçon Passy-Place d'Italie. Alors que le premier métro se dirigeait vers la bouche Pasteur, cris, évanouissements, à l'une des façades jouxtant le médaillon de pierre orné d'une affiche la représentant, Daphné du Quillard, l'actrice adulée par le Tout-Paris, était pendue. Pour ce faire, elle avait attaché les uns aux autres les trente et un foulards de soie rouge offerts par son amant, depuis l'intérieur d'une fenêtre ouverte, et son portrait souriait au monde, comme heureux de cette magistrale dernière, le blanc de la façade jurant avec le carmin profond de la soie. Daphné prise dans un doux rayon de soleil, la robe blanche agitée comme une chrysalide par le vent, touchait presque le sol de ses pieds, tant elle avait été aimée quelque temps avant sa mort.

Un corbeau à la Ratp

Saviez-vous que le métro est l'un des endroits les plus pollués de la Ville de Paris ? que ses entrées d'air donnent sur les pots d'échappement des véhicules ? que le freinage des wagons dissémine des particules fines remises en suspension lors de chaque nouveau passage d'une rame ?

Je me le suis personnellement vu rappeler par Madeleine, un soir qu'elle m'attendait roide comme une momie frappée par la foudre devant une coupure de presse annotée. Entourés au Bic, les termes « toxicité », « pic » et « record » ressemblaient à de féroces piranhas dans leurs bocaux, prêts à sauter à la gorge de l'humanité.

« Tu es en danger, c'est un véritable scandale ! Les particules fines, ça te dit quelque chose ? »

Quiétude du logis, pourquoi n'es-tu que pour les autres ? J'ai déposé ma veste sur l'accoudoir d'un fauteuil et desserré ma cravate. Puis je me suis accordé une minute de tranquillité en faisant semblant de ne rien avoir entendu. *Bonjour mon chéri ! Tu dois être fatigué. Je t'ai préparé un bon bœuf bourguignon mais en attendant je vais te servir un porto. Viens près de moi pour me raconter comment s'est déroulée ta journée ! Madeleine m'aurait enlevé ma veste, embrassé, elle sentirait bon le parfum et aurait une robe dos nu et de jolis escarpins.*

Raclement de gorge sonore. Je lui ai lancé un bref coup d'œil. Deux yeux inquisiteurs s'échappaient de sous un palmier effondré. Des bretelles tyroliennes retenaient une jupe en soie qui aurait pu être féminine si elle n'avait pas ainsi été tractée jusqu'à mi-taille.

« Je sais pertinemment à quoi tu penses. »

Non, Madeleine, je ne pense pas.

« Tu te dis que tu ne voulais pas m'inquiéter avec ces risques que tu prends. Mais j'ai découvert le pot aux roses. Tu ne m'as rien dit de ce danger quotidien que tu braves parce que tu penses que le loyer est plus important à mes yeux que ta santé ! »

Le rôle du héros et de la mégère ? Paupières un peu closes et regard modeste tourné vers le bas, posture droite et virile, air doux et résigné. Non, mauvaise tactique, cela sentait l'appel à Pierre-Marie, l'ami avocat de sa mère, à qui elle demanderait le numéro de l'un de ses confrères spécialisé dans le droit du travail.

« Je ne t'ai rien dit parce que tu grossis toujours tout, lui ai-je répondu. La pollution, c'est embêtant pour ceux qui travaillent depuis plus de trente ans ou pour ceux qui sont fragiles des bronches, comme... les asthmatiques.

– Ta solidarité te perdra. L'imbécile ne voit pas qu'un jour il aura lui aussi soixante ans.

– Arrête, Madeleine... En plus ils sont en train de travailler sur une nouvelle semelle et un système de freinage qui limitera les risques. Ce n'est plus qu'une question de temps. On est en ville, tu ne vas pas t'étonner qu'il y ait de la pollution.

– Et en attendant leur nouvelle semelle, tu vas continuer d'aller t'intoxiquer volontairement ?

– Qu'est-ce que tu proposes ? Que j'abandonne mon emploi et qu'on déménage dans un bidonville, près de l'autoroute ? »

Madeleine a dédaigneusement haussé les épaules et repris :

« Les risques de pollution sont augmentés par la rudesse du freinage. C'est inscrit ici ! Je "propose" donc que tu ailles demander à tes supérieurs de faire entrer en vigueur une *vitesse sanitaire maximale*.

– Mais oui, bien sûr. Du farniente ! Après les grèves de l'année dernière et en pleine période de reprise ! C'est sûr qu'ils vont être compréhensifs.

– C'est le minimum. Sinon c'est une *mise en danger de leur personnel*. Ça peut leur coûter très cher, figure-toi ! Je vais en toucher deux mots à Pierre-Marie, il a plein de contacts dans le milieu du droit du travail. »

Et voilà ! Pierre-Marie, qu'est-ce que je vous disais.

« Somme toute, tu proposes que ce soit moi le lanceur d'alerte si je comprends bien ? Que j'arrive poing levé avec un chiffon taché de sang devant la bouche en chantant *L'Internationale* ?... Mais je te dis que des mesures ont déjà été prises et que les risques sont minimes.

– Je dis qu'il faut EXIGER des solutions temporaires. Par exemple, que vous vous relayiez plus régulièrement pour limiter les risques d'intoxication.

– L'embauche, tu m'en vois déçu, ne semble pas être la priorité actuelle de la Ratp. Vu ce qu'ils ont dépensé dans le désamiantage il va falloir patienter. Tu étais contente, non, de tous ces travaux concernant le désamiantage, hein ? Tu m'en parlais nuit et jour de ce risque de l'amiante, dans les peintures, dans les tunnels... Et gnagnagna que j'allais pas passer l'hiver. Et gnagnagna que je finirais incapable de tenir un stylo tellement ma carcasse serait empoisonnée à petit feu.

– C'est sûr que l'embauche n'est pas leur priorité, vu le faible nombre de femmes qui y travaillent, a-t-elle repris en ignorant ce que je venais de dire.

– Je ne vois pas le rapport.

– Je dis que c'est étrange qu'il y ait aussi peu de femmes conductrices.

– Tu devrais être contente dès lors, ce doit être pour les empêcher d'allaiter leurs enfants au goudron.

– Bas de gamme cette boutade, a-t-elle repris en

observant ses ongles. La discrimination n'est de toute manière pas le sujet, même si c'est un fait. Pour l'instant, excuse-moi, mais j'essaie simplement de te sauver la vie. D'ailleurs, tu ne m'avais pas dit que ton ami Henri a des problèmes respiratoires ?

– Non, Madeleine. Je t'ai dit qu'il a eu une bronchite, parfaitement guérie, il y a trois mois de cela.

– Je suis sûre que c'est lié.

– Henri fume, Madeleine. Cela a légèrement fait dégénérer un rhume saisonnier.

– Moi aussi je fume ! Est-ce que j'ai des bronchites ? »

Point n'est besoin de vous bassiner avec l'inintéressante suite de cette dispute qui n'en était même pas vraiment une. Je subis cependant dès le lendemain l'agression d'un monstre dans ma cuisine. D'une chimère mi-animal mi-femme sortie d'une tranchée de la guerre de 14, verdâtre et émettant des sons rauques de respiration : ma femme en soutien-gorge et masque à gaz. Madeleine semblait suffoquer car elle faisait le geste d'essayer d'éloigner le masque de son visage, mais elle m'a repoussé quand j'ai tenté de lui venir en aide. Une fois ôté, elle s'est expliquée, échevelée et des marques rouges sur le visage : « Je regardais si l'élastique est solide. J'avais peur que le brocanteur ait tenté de m'arnaquer. C'est en attendant la nouvelle semelle. Essaie-le ! », et elle a ajouté un « mon amour » censé me décider.

« Tu ne penses tout de même pas que je vais... »

Son regard digne de Méduse me pétrifia.

« J'EXIGE ! qu'en plus de subrepticement diminuer la vitesse de ton métro, tu portes ce masque à l'approche des stations les plus polluées : Porte Mailllot, Pont-de-Neuilly, La Défense, et j'en passe.

– Elles ne sont pas sur la 6, tu es vernie.

– Et Nation, hein ?! Tu vas me dire que tu ne passes pas par Nation peut-être ?! Et Charles-de-Gaulle-Étoile ?! »

Restait à être stratège si je voulais que cette idée ne se grave pas dans le marbre. Ne mouftant pas, j'ai donc soudainement abondé dans son sens en acquiesçant de la tête comme un brave toutou. Mais cela lui a mis la puce à l'oreille et, suspicieuse, elle a repris :

« Bien, je suis heureuse de voir que tu te montres enfin raisonnable. Mais s'il se trouvait que ton célère revirement ait uniquement pour but de changer de sujet, sache que je viendrai vérifier à l'improviste ce qu'il en est. » Et elle est partie s'enfermer dans la chambre avec une mine menaçante, *Le Pavillon des cancéreux* sous le bras.

Le lendemain matin, au moment de fermer mon sac à dos, deux yeux de mouche me fixaient à l'intérieur : ceux du masque mal dissimulé sous une pomme et trois kiwis. Comme Madeleine s'adonnait encore à ses ablutions, j'en ai lâchement profité pour le dissimuler sous l'un des coussins du canapé avant de prendre mes jambes à mon cou. Mais à peine avais-je passé la porte d'entrée de l'immeuble que quelque chose m'a cogné l'épaule. Stupeur, les deux yeux du masque, rouge feu car illuminés par le soleil de la rue, dardaient leur colérique regard sur ma personne. Madeleine l'avait fait descendre jusqu'à moi par la fenêtre dans un panier d'osier tracté par des collants en nylon. Le petit vieux du deuxième en a laissé tomber ses croissants à terre, aussi blanc que j'étais pourpre de honte. « Ça y est ? Les Allemands sont revenus ? » m'a-t-il demandé en fixant le masque tandis qu'un guano mentholé tombait pas loin de mes chaussures.

« Tu avais oublié quelque chose ! ai-je entendu la harpie me lancer du haut de la rambarde de notre balcon, la bouche pleine de dentifrice. À ce soir. »

Et le reste de la semaine ? Jeudi, alors que je termine de déjeuner avec Henri, Sabrina se retourne avec un carton que l'on avait déposé *spécialement à mon nom* et qui, mal scotché, laisse entrevoir la bobine machiavélique de mon pire ennemi. Rires de toute part. « C'est ta femme qui est venue le déposer. Vous avez de drôles de jeux ! » Lundi : Sébastien dos au mur alors que je m'apprête à me faire un énième café. Stupeur, j'entrevois une sangle en plastique qui entoure l'arrière de sa tête chauve. Il se retourne : « Bouh ! » Rire gras. « C'est ta femme qui… » Tu m'en diras tant. Mercredi : soirée harassante, Halloween, j'ouvre mon casier, devinez qui me fixe et manque de me faire m'uriner dessus de trouille.

Vaincu mais pas entièrement, je décide de prendre le fameux masque à gaz avec moi pour cesser d'être à tout bout de champ ridiculisé devant mes collègues, amis et voisins. Je l'installe sur le sol de la cabine après l'avoir bourré de deux coups de pied et me voilà reparti. Je souffle enfin. C'est une belle journée. Les tourterelles roucoulent, le ciel est clair et l'atmosphère fraîche. Tout le monde semble se sentir bien dans son corps et dans ses pompes, heureux d'être à la vie. Vague d'enthousiasme : je salue de la main des colleurs d'affiches que je complimente sur leur bonne mine. Je ne tique pas devant le groupe de contrôleurs qui se dissimule sournoisement derrière une machine à snacks, eux que j'exècre habituellement, en me disant qu'ils ne font que leur travail. Avec mes phares j'envoie des signaux aux autres conducteurs que je croise et qui font le chemin de la ligne dans l'autre sens. Je bombarde de blagues faciles les voyageurs à chaque entrée en station et je les imagine sourire en se disant que je fais bien mon boulot. Je me remémore une journée d'enfance où le soleil teintait l'horizon de la même nuance, à la recherche des émotions qui étaient alors les miennes. Les gants solaires baissent la couverture des nuages, même les pigeons semblent propres et sortis de cartes postales.

Mais à la station Dupleix, une silhouette au lourd

manteau mité, appuyée sur une béquille, me rappelle quelqu'un. Cette stature… Ces vêtements mal assortis… Ce pardessus INUSABLE assorti d'une gibecière… Cette béquille déjà aperçue dans mon armoire et servant à QUELQU'UN à s'entraîner dans le cas d'une future jambe cassée. D'instinct je sens, comme l'animal traqué, de grosses gouttes salées couler le long de mon dos tandis que je maximise le freinage pour diminuer ma vitesse.

Ouverture des portes. Pile devant la fenêtre de ma cabine donnant sur le quai, deux mirettes déshabilleuses, Madeleine grimée en éclopée la bouche froncée, l'air ulcéré. « Qu'est-ce que je t'ai dit à propos du freinage ? Où est passé ton masque, je te prie ? »

Je n'avais plus de répit, tous les passagers me semblaient désormais être des Madeleine déguisées. Un sourire à mon endroit ? Il se tramait quelque chose. Un pansement recouvrant un œil ? Un couvre-chef en ligne de mire ? Mon cœur battait la chamade… Et ce n'est pas tout. Un soir, nous avons été convoqués par les dirigeants. La cause ? Une lettre anonyme bourrée de termes médicaux et menaçant de dénoncer l'insalubrité de nos conditions de travail. La lettre « EXIGE » que des mesures soient immédiatement prises sous peine d'un « PROCÈS RETENTISSANT ». Elle ressemble à un cadavre exquis de fou et mentionne en un tout-à-l'égout de récriminations : « La non-accessibilité des wagons pour les détenteurs de béquilles. Les stations trop peu annoncées pour les personnes aveugles. La rudesse des conducteurs claquant leurs portes au nez des mamies. Le manque de femmes conductrices reléguées EXPRÈS aux guichets. Les barres métalliques trop peu nombreuses pour se tenir. Les cols du fémur qui bientôt valdingueront comme des osselets : PROCÈS RETENTISSANT. Aucun gant en plastique, aucun masque proposé aux usagers : GASTRO-ENTÉRITE / TUBERCULOSE / GRIPPE. Les machines à boisson proposent des sodas CANCÉRIGÈNES, favorisant LE CHOLESTÉROL / L'ACNÉE / LA MALADIE DU FOIE GRAS. *Moi qui suis une personne handicapée et qui voyage en béquilles, J'EXIGE.* »

L'un des conducteurs a éternué sur son volant et non dans son coude. Les sièges sont inadaptés aux unijambistes, les fenêtres à ceux de petite taille. Un chien sans muselière aurait pu mordre un bébé. Carnet de santé à présenter avant de pénétrer dans le métro. Ventoline et Bricanyl à disposition pour les asthmatiques. Plans du métro permettant de repérer les défibrillateurs plutôt que les stations. Brevet de secourisme des chauffeurs. Nettoyages spéciaux des wagons toutes les heures. Cette lettre « anonyme » signée d'un M vengeur par l'écervelée nous a à tous valu un sermon car son auteur ayant oublié son sujet premier (notre défense), emporté par sa fougue, s'était acharné sur nous et nos freinages, retards et non-respect des règles de sécurité.

Le soir même la pétroleuse en toc a eu le culot de nier. Friponne, elle écarquillait ses yeux comme des billes : « Comment cela, une lettre anonyme ? À la Ratp ? Mais d'où peut-elle bien venir ? – Je vais aller vérifier cela », lui ai-je haineusement répondu en empruntant le chemin de la cuisine tandis qu'elle piquait un fard. Ses brouillons roulés en boule occupaient toute la poubelle que j'ai ramenée pour la lui balancer dessus. Madeleine a tenté de se carapater dans la chambre en courant, mais elle s'est pris les pieds dans le tapis. « Aaaaahhh, a-t-elle hurlé. Regarde ce que tu m'as fait, ma jambe, ma cheville est certainement foulée par ta faute, il faut appeler SOS Médecins… » Je bouillais. J'allais, ou devenir fou, ou la découper à la machette et faire un feu de joie de ses os.

La situation devait être apaisée. Elle l'a heureusement été. Le dieu Ratp a, avant de se reposer, inauguré son nouveau système de freinage. Henri riait bien. « Ce que tu en fais des histoires. Tu vois cette veste que j'ai toujours au bras et que je ne mets jamais. Tu la trouves comment ? – Euhmmmhf…, lui ai-je répondu. – Nous sommes d'accord. Elle est complètement ridicule. Les coutures, la couleur, les épaulettes. Rien ne va. Elle inspire la pitié. J'aurais l'air du dernier des pitres si je la mettais… C'est Caroline qui me l'a faite. Alors, au lieu de m'embêter à lui expliquer qu'elle coud comme un pied et que je serais la risée de tous si je portais ses hardes, je la prends tous les matins sous mon bras au cas où elle me rejoindrait après le boulot. Elle amortit les freinages, je la case sous mes fesses. »

Henri était un sage. Le masque à gaz de Madeleine est désormais toujours à portée de ma main quand je vois une silhouette qui me semble travestie se profiler sur le quai qui défile.

Matines

Après les premiers trajets, mes matinées étaient rythmées par le métronome de ceux qui font la manche. Quand certains se montrent agressifs – déambulant comme de sévères professeurs à règle entre les rangées de sièges occupés par des usagers dont les nuques ploient –, d'autres tirent la bobinette de l'émotion. Eux n'ont pas eu la chance de… Puis il y a la crise, les licenciements, l'inflation, les retraites misérables. Il leur faut de quoi se payer une chambre d'hôtel, de quoi subsister jusqu'à la fin du mois, de quoi manger. Certains qui mendient n'accepteraient pas la laisse du salariat pour tout l'or du monde, quand d'autres se la sont vu détacher et doivent ravaler leur fierté pour compter sur la bonté de leur prochain. Il y a les pêcheurs à la dynamite qui choisissent les heures de forte affluence pour récolter plus mais des petites sommes et les pêcheurs à la mouche des heures creuses. Les passagers y sont moins stressés et peuvent y être plus larges. Ceux qui misent sur les horaires d'affluence et qui s'épuisent n'ont généralement pas pour ambition de faire carrière. Ils ont besoin d'argent rapidement, urgemment, au jour le jour. Ils ont besoin d'être dépannés et peuvent repartir du jour au lendemain vers d'autres horizons, quand les attentes des pêcheurs à la mouche sont différentes. Ils ont également besoin d'argent, mais ils ont une vision de la manche à long terme, comme celle d'un emploi.

Neuf heures. Il y avait « Pascal », membre des trois cents musiciens du métro, qui faisait ses heures à grands coups de trompette. « Alain 54 ans », qui avait le don de ne jamais vieillir. « Amine », qui venait vendre des guides de Paris aux touristes et aux provinciaux, « Arsène », des cartes postales et des porte-clefs tour Eiffel. « Prajwal » misait sur la concupiscence des enfants avec ses toupies lumineuses multicolores et ses lunettes de soleil factices. Et il y avait la chasse à courre mise en place par la famille « Moré ». *Family business*, les jeunes s'attaquaient au gibier de milieu de wagon, la petite tournoyant autour des barres métalliques comme si elle exécutait une pole dance, tandis que son frère samplait un rap, le grand-père jouait de l'accordéon, la grand-mère lisait dans les lignes de la main et les deux parents, bébés en bandoulière, déambulaient en faisant perler des larmes au coin de leurs billes brunes. Quand finalement la famille ratissait au complet en file indienne les paumes ouvertes, Shiva rougissait de voir qu'à eux tous ils avaient bien plus de bras qu'elle.

Tranquillement circulaient également les pickpockets. Sacs discrètement éventrés au cutter, fermoirs de bijoux ouverts au même rythme que les mouvements de la rame, méfaits accomplis derrière des journaux brouillant le champ de vision des victimes ou arrachages brutaux de téléphones avant que les portes ne se referment ; à chacun sa tambouille. Les gapettes étaient redevenues à la mode et des vieux se retrouvaient le caillou à l'air, leurs rares cheveux dressés par la soudaine disparition de leur couvre-chef. Henri qui reconnaissait quelques-uns des chapardeurs s'amusait à les mettre mal à l'aise en les décrivant aux passagers : « Mesdames-messieurs, premier wagon, trois pickpockets, deux jeunes hommes, une jeune femme. Tous en doudoune. Bleue, blanche et rouge, ils ont le sens de l'humour en plus. Mesdames-messieurs, je vous informe que nos trois petits cochons sont toujours à bord. Ils sont tenaces décidément. Mesdames-messieurs, plus que deux berniques sur le rocher, je répète, deux berniques sont encore sur le rocher. » Et il finissait par les avoir à l'usure, eux qui descendaient, dépités qu'on les empêche ainsi de travailler, sous le rire rassuré de la foule.

Onze heures. Soren et Melchior passaient sauver des âmes avant que l'intestin du métro ne se gonfle des passagers du déjeuner. Le début d'après-midi accueillait

René-Charles et, une à deux fois par semaine, Yvette. Yvette ? C'était la star du métro, une minuscule vieille dame bossue qui avait un sourire immense. C'était la bonté même Yvette et notre mascotte à nous autres chauffeurs de la 6. On attendait toujours quand on la voyait arriver avec son barda, pour fermer nos portes. Elle avait besoin d'espace pour son petit pupitre en ferraille et y disposer sa grosse liasse de partitions recollées au scotch. Il lui fallait ensuite trouver son équilibre, elle qui ne tenait pas très bien sur ses jambes, pour saisir son violon et son archet. Elle avait des cheveux blancs et fins qui tombaient en carré sur sa nuque et deux immenses yeux bleus et doux à fleur de tête. Yvette, elle n'en voulait pas à la vie du mal qu'elle lui avait infligé. Ça n'avait pas pénétré en elle et cela s'observait au travers de son regard qui laissait filtrer la lumière de ce qui se trouvait derrière. Oui, ils étaient illuminés de derrière ses yeux. Quand elle entrait à petits pas dans un wagon et qu'elle posait ses partitions déchirées sur son pupitre, quand elle saisissait son vieux violon aussi cabossé qu'elle et son archet et que, prête à en donner le premier revers sur les cordes, ce mouvement dévoilait un peu ses poignets et ses chevilles fragiles et blanches, tout le monde se taisait religieusement. De sa hauteur d'enfant elle imposait le silence au wagon qu'elle gorgeait de la chaleur de notes qui se savaient aimées par elle. La musique avait été toute sa vie et elle lui avait tout sacrifié, tout et même sa fierté. Elle avait dans le temps eu un mari chanteur des rues, Yvette. Malheureusement, en plus de n'être pas très doué, il était de la race de ceux qui, incapables de briller, déversent leur aigreur sur les êtres faibles qui les entourent, et de par sa bonté et son infirmité, Yvette avait le profil du chien que l'on bat. Heureusement il avait fini par décamper, las du peu d'argent qu'elle l'aidait à récolter et fatigué de ce regard qui lui pardonnait tout et qui remuait en lui quelque chose dont il ne voulait entendre parler. Lorsque avec son beau sourire elle entrait dans l'un des compartiments de la ligne 6 du métropolitain, la vérité des notes jouées, leur douceur et leur nostalgie, changeait l'état d'esprit des passagers de son wagon. Les yeux se détournaient de leurs creux en une communion soudaine et lumineuse. Et lorsque le dernier coup d'archet avait été donné, lorsque Yvette sortait sous les applaudissements, les ventres s'étaient dénoués et il faisait bon dans les cœurs et dans les troncs. Yvette, une vieille femme se tordant au-dessus de sa bosse pour partager et chasser le désespoir et le cynisme. Ainsi, ma routine n'était jamais vraiment routine.

Bien sûr, j'aimais le quotidien du métro, cette rampe sur laquelle je pouvais appuyer mes théories, mais j'étais aussi friand de situations inhabituelles comme celles qui font se croiser des types d'hommes que tout oppose. Je ne parle pas de catégories sociales qu'un grand écart sépare. Les riches préféraient généralement le vélo, le scooter, le bus, la marche à pied ou les chauffeurs et ils n'empruntaient qu'aléatoirement ma ligne. Non, je parle d'êtres à différentes étapes de leur vie. Par exemple, le premier métro du vendredi matin était le théâtre d'un western psychologique salé. En scène : le travailleur du petit matin et le jeune rentrant de soirée. Laissez place ! Mes portes de wagon devenues saloon s'écartaient sur une haute silhouette encapuchonnée qui prenait place, jambes écartées, face à une autre solitaire. Une forte odeur d'alcool s'élevait. À côté d'eux, une jeune femme ayant abusé du parfum tenait le rôle de la cocotte au grand cœur nécessaire à ce John Ford des temps modernes.

LE JEUNE *entre deux vapeurs de vodka* : C'est pas moi plus tard ce type aux chaussures de mauvaise facture méticuleusement cirées ! Moi, je ne pourrais jamais pointer comme un esclave à heures fixes. À quoi cela sert-il de naître si c'est pour allouer son existence à d'autres ? Ma vie sera différente, sans routine. Ma vie sera grandiose, pas comme celle de mes parents et pas comme la vôtre. Oui, je suis encore ivre et alors, au moins je suis vivant moi !

LE CHŒUR DES VOYAGEURS DU PREMIER MÉTRO : C'est beau la fraîcheur de ce qui regorge de sève et qui n'a pas encore tiré le fil de l'un des destins possibles. C'est beau quand la peau ne pend pas encore sous un menton volontaire et un regard idéaliste.

LE TRAVAILLEUR : Matamore de pacotille va ! Qu'est-ce qu'une vie différente, tu peux m'expliquer ? Évite-toi le poncif de l'année sabbatique et du périple en sac à dos. Ton idéalisme te rentrera dans les côtes quand tu finiras par abdiquer. Tu te penses courageux ? Tu as le monopole de la vie bonne parce que tu as lu Rousseau ? Tu arbores un sweat Che Guevara et tu manges au McDo… Tartuffe !

LA COCOTTE : Le quotidien c'est beau, c'est comme la matière noire. On n'y prête pas attention mais c'est habité.

LE TRAVAILLEUR : Tout à fait ! C'est ça l'héroïsme, meubler ce quotidien qui se répète. Lâchez quelqu'un dedans et c'est le grand révélateur moral ! Hé, toi, je te cause. Tu crois que c'est facile de rentrer chez nous et de devoir lutter avec ton anarchisme vaporeux. C'est la seule chose qui nous appartient ce quotidien et même là c'est la guerre. Tu vis depuis moins d'un quart de siècle et tu sais tout mieux que tout le monde. « Liberté j'écris ton nom » ? Sois cohérent et cesse de mendier ton argent de poche en début de mois.

LE SAGE : Un homme avait fabriqué son propre bateau. Il était allé acheter un moteur qu'il avait bricolé avant que le « vaisseau » ne mouille pour la première fois. Son voisin était un rustre qui pestait sans arrêt contre lui car il pensait que son chien dévorait ses poules – ce qui créait une ambiance champêtre détestable. L'homme s'entendait en revanche très bien avec les autres habitants du village. La première fois qu'il a mis son bateau à l'eau, le moteur a lâché et il s'est retrouvé à dériver sans plus savoir quoi faire. Eh bien figurez-vous que le seul à être venu l'aider, ç'a été ce fameux rustre de voisin et aucun des autres ayant pourtant observé la scène.

LE CHŒUR : Et donc ?

LE SAGE : Une mer d'huile, c'est psychologiquement périlleux parce que cela élimine les réflexes primaires. C'est dans l'immobilité que les âmes se révèlent et ceux qui sont pris dans un continuel mouvement ne se connaissent pas vraiment.

LA COCOTTE : Certains arbres gardent leurs feuilles toute l'année, ils ont l'élégance des humeurs et de la constance en toute situation.

LE CHŒUR : Cela dit, allez expliquer à un jeune que sa vie va stagner et que c'est ce qui est passionnant, ni une ni deux vous le trouverez à aiguiser son vieil Opinel de scout pour se le planter dans la jugulaire.

LE JEUNE : Non mais attendez, je ne suis pas le seul à avoir le monopole du préjugé quand même ! Regardez-le en face, il me juge parce qu'il m'envie. Il m'envie d'être jeune ! D'avoir tous mes cheveux, de flirter avec des filles qu'il ne peut plus avoir. Il m'envie de faire des grasses matinées, de pouvoir me mettre des mines sans qu'on me catalogue comme alcoolique. Il m'envie de ne pas avoir d'enfants à charge et d'avoir encore mes grands-parents.

LE TRAVAILLEUR : Tu devrais bien profiter de tes vertes années. Branleur. Un jour tu te réveilleras et deux golfes frontaux se seront créés sur ta tête.

LE CHŒUR : C'est bas…

LA COCOTTE : Ne le jugez pas trop vite, regardez, ça reflue en lui !

LE CHŒUR : Quoi ?

LE SAGE : Le souvenir de ce qui était ses plus belles années. Le jeune lui rappelle ses frères et leurs vacances d'été. Il lui rappelle ses soirées du samedi en boîte de nuit, les whiskies sodas et les filles qui étaient rieuses et belles avec leurs jupes toujours un peu trop courtes. Il lui rappelle qu'il avait un bougon de père avec qui il s'engueulait.

LE TRAVAILLEUR : Papa… Papa, ce que tu nous rendais chèvres. Les portes qui claquaient, maman qui débarrassait tristement le plat presque vide qui, elle l'avait espéré, devait reléguer le temps d'un déjeuner les récriminations au seuil de la cuisine. Quelle corvée ce déjeuner dominical. Mais on était encore tous ensemble. Et il y avait maman. L'odeur matinale de la crème qu'elle portait. Les bruits clairs du petit déjeuner qu'elle préparait avant de venir toquer à la porte.

LA COCOTTE : Et sa robe de chambre que tu

as gardée. Tu ne pouvais pas te résoudre à ce qu'elle soit jetée.

LE JEUNE se lève, il pose une main sur l'épaule du TRAVAILLEUR qui lui sourit.

Tout le wagon applaudit.

À la brune

D'autres situations inattendues m'attendaient bien naturellement après le travail. Quand y en a plus, y en a encore, direction mon chez-moi. Au menu ? Au hasard : un soir Madeleine m'attendait avec un paquet-cadeau mal emballé qui contenait notre « album de famille » ! J'étais habitué à bien des choses mais là… Toutes mes imageries médicales étaient méticuleusement classées en fonction des organes et des années, ça m'a fait tout drôle. Madeleine tapotait de son index rongé sur l'une ou l'autre des radios ou des scanners. « Regarde ! Ça, c'est ton rein quand on s'est rencontré. Ta première écho (*infection urinaire*, chapôtait la page). On le voit mieux sur celle-ci… Madeleine a posé amoureusement la tête sur mon épaule. Et là ! Pendant un an ! C'est quand je t'ai forcé à passer un scanner des poumons lorsque tu avais cette horrible toux grasse qui durait. Tu te rappelles comme tu étais stressé !? », et elle s'attendrissait et gloussait. « Je vois au plus profond de ton cœur, ha ha ha ! » a-t-elle réussi à me sortir en une pitoyable boutade devant une image de ma cage thoracique le dévoilant, et elle mouillait son doigt de salive pour mieux faire tourner les pages de mon pénible quotidien bourré de rendez-vous inutiles mais que je finissais par prendre pour qu'elle cesse de me harceler. Cerise sur le gâteau, les dates, l'organe et la maladie supputée étaient inscrits en haut des pages de l'album – en italique à l'encre bleue – comme sur certaines anciennes planches de dissection.

Une autre fois ? Je rentrais et Madeleine était en train d'écrire des lettres anonymes qu'elle allait envoyer aux entreprises pour lesquelles elle avait travaillé, lettres leur signifiant l'absence de donneur universel dans leurs locaux.

Son hypocondrie n'avait pas de saison mais celle-ci surgissait tel un geyser lors de phases plus ou moins aiguës et, lors de ces dernières, elle s'enfermait avec le dictionnaire de médecine que son père lui avait légué. Studieuse, elle passait alors sa soirée à siroter du vin rouge, tournant bruyamment les pages du Vidal et m'informant lors de ses quelques allers-retours de l'avancée de ses recherches comme si cela avait été l'horizon exotique de nos futures vacances. Avant de nous endormir, nous posions sur la table de chevet nos lectures communes (moi le journal des sports et elle ce qui semblait être un quotidien d'avant-guerre, mais qui était en fait la notice dépliée d'une boîte de médicaments) et je me soumettais au rituel du serment. Si Madeleine devait faire un AVC durant son sommeil et qu'elle devenait un légume, il fallait que je l'étouffe. Sinon il fallait que je vérifie que, quand elle dort, elle soit bel et bien en train de dormir, car en cas d'AVC plus le temps passe, plus les dégâts sont irrémédiables. Je n'ai jamais dérogé au serment de l'AVC potentiel et Madeleine s'est bien longtemps endormie rassurée près de moi qui veillait. C'était parfois drôle tout ce tralala, de la voir comme une enfant avec ses lubies et son étrange soif de vie se manifestant par la crainte de la perdre. Mais quelquefois cela m'agaçait et j'étais fatigué de devoir faire semblant de m'intéresser au nouvel organe qu'elle pensait qu'on allait devoir lui retirer. Souvent, nous nous écharpions parce qu'elle voyait que je n'étais pas admiratif devant la greffe de peau de porc en chirurgie reconstructrice ou que je me fichais de savoir qu'on pouvait vivre sans estomac. Parfois, je me prenais à vouloir l'assommer d'un coup de massue lorsqu'elle braillait : « Mais c'est scandaleux, bordel ! Avec tout ce qu'ils font en chirurgie esthétique, nous on n'est même pas capables de greffer des poumons ? Des poches en plastique pour Crohn ? Mais c'est le Moyen Âge, ce pays, bordel ! » Je souffrais, certes, mais imaginez que je n'étais pas le plus à plaindre. J'étais foutrement admiratif de la patience des médecins, qui étaient de saints hommes avec elle, à l'écouter les orienter vers ce qu'elle voulait entendre et à supporter ses mines énervées s'ils se montraient réticents à lui prescrire une nouvelle IRM.

Il existe deux types d'hypocondriaques. Les hypocondriaques pessimistes, qui ne vont jamais consulter car ils ont trop peur de s'imaginer acculés au diagnostic d'un « Prenez vos affaires, vous partez au cimetière », et les hypocondriaques optimistes. Les hypocondriaques optimistes, corporation à laquelle appartenait Madeleine, se découvrent dès les premiers signes d'une quelconque maladie une immense foi en la médecine. Il s'agit pour les hypocondriaques optimistes, dès l'apparition du moindre mal, de foncer chez le docteur pour éviter que la maladie ne se développe et qu'elle devienne fatale ou handicapante. Tout est possible et la salvation est envisageable à condition de faire vite. Le dimanche, vous l'imaginez, était pour Madeleine une grande source d'angoisse car elle n'avait pas la possibilité de prendre de rendez-vous. L'ensoleillé lundi débouchait donc d'un dimanche aussi gris et mortuaire que le purgatoire et de deux nuits d'insomnie. Madeleine, dans ses humeurs et préoccupations, était soumise aux contrastes et les médecins étaient les psychologues d'une âme aussi mouvante que le ciel breton.

Un beau jour où elle était venue mendier un énième check-up à son médecin de famille, celui-ci avait fini par la sortir du cabinet en hurlant qu'elle prenait la place de gens qui eux avaient besoin de diagnostics sérieux et, rouge comme une furie, elle était allée sur la page web du pauvre homme pour anonymement l'agonir de la pire des diffamations. Ce « type » qui ne respectait pas le serment d'Hippocrate en ne prêtant pas assistance à son prochain avait fait ses études en Roumanie ! Ce qui voulait dire que son diplôme ne valait rien et qu'il l'avait obtenu en seulement trois années de médecine au lieu de neuf. *Elle*, mise à la porte. *Elle*, changeant généreusement les fleurs chaque semaine pour égayer l'atmosphère du cabinet dès qu'elle avait rendez-vous. *Elle*, qui appelait toutes les infirmières par leur prénom, qui avait fabriqué une boîte à idées dans laquelle elle avait notamment soumis celle de séparer les vrais malades des faux pour qu'il y ait des priorités – pour que les femmes enceintes (simple suivi), les enfants (qui souffrent de broutilles) et les personnes âgées (c'est naturel à leur âge d'y passer) n'embouteillent pas inutilement les salles d'attente où de vrais malades pouvaient encore être sauvés. *Elle*, mise à la porte du cabinet comme une malpropre ! J'avais eu l'impression de côtoyer une martyre nationale, démaquillée et le cheveu gras, comme si le pire des affronts qu'un membre de sa famille eût pu lui infliger lui était tombé dessus. Ce type qui lui avait fait faire ses premiers vaccins… L'on eût dit que c'était son parrain dont elle parlait et cette trahison venue du cercle de ses proches lui tirait des larmes amères.

Je connaissais toutes les urgences de Paris et des bleds de France où j'avais voyagé avec Madeleine.

Alors, quand je rentrais chez moi après une journée harassante et qu'à son air résigné je comprenais que Madeleine s'était trouvé une nouvelle maladie, quand je voyais sa petite valise mal dissimulée (pour partir plus vite si ses symptômes s'aggravaient), une lettre cachetée posée sur son bureau (un énième testament), je me disais que je ne respecterais pas ma promesse. Non. Quand Madeleine aurait fait son AVC nocturne, je ne la débrancherais pas. Non. Cela avait été trop loin et je lui cuisinerais des pâtes fades et trop cuites qu'elle serait obligée de manger en les salant de ses larmes devant le poids mort qu'elle serait devenue pour une société qu'elle avait fait souffrir et qui allait le lui rendre au centuple désormais, avec ses buildings sans ascenseur, ses pavés inégaux et ses feux de signalisation trop rapides pour les utilisateurs de fauteuil roulant.

Coloris

Lors de ses derniers jours de boulot, Henri m'a fait promettre de saluer pour lui la Belle Dame si j'étais amené à la croiser un jour. « Apporte-lui des sucreries, elle aussi c'est son péché mignon. » Et j'ai promis que, sans faute, j'entretiendrais les caries de sa dulcinée. L'ombre d'Henri est toujours avec moi dans la cabine de ma mémoire, ses doigts carrés de travailleur aux ongles ras, ses sourcils gris et broussailleux, ses boucles poivre et sel et sa sempiternelle veste posée comme un corbeau sur son avant-bras. Cette veste hideuse ressemblant à un grossier patchwork et qu'il transportait pour ne pas faire de peine à sa femme. Je ne savais pas alors que ses visions n'étaient pas le seul fruit de son imagination féconde. Je me faisais de lui l'idée d'un poète avec ses soupapes, un poète ayant besoin d'histoires chevaleresques et d'images gracieuses pour s'aérer la tête de l'esthétique ferrailleuse du métro. Chaque homme a une époque favorite qui véhicule ses histoires, ses profils de femmes, ses senteurs et ses atmosphères, dans laquelle il se reconnaît plus que dans une autre. Henri, le coquillage murmurant à son oreille, c'était celui d'un vent habité et profond qui faisait onduler les longs cheveux d'une madone à haut front. Comme tout est nuance, son épouse Caroline était une minuscule bonne femme, nerveuse et brune comme un charbon. On était loin de la sylphide que je m'imaginais et j'ai eu du mal à dissimuler ma surprise quand je l'ai rencontrée, mais après tout, Henri était un poète voyant au-delà des apparences et, même si moderne, l'apparence de sa femme contenait elle aussi quelque chose de racé. De moins éthéré que sa « Belle Dame », mais de plus terrien et vivifiant. Caroline arrimait son cabotin de trouvère à la vie quotidienne, contrebalançant sa nature nuancée d'homme au parler franc et aux divagations lunaires. Henri imageait superbement à quel point certaines âmes d'élite se trouvent parfois jetées dans des besaces de chair inadéquates. Ce rustaud à esprit raffiné, quand je l'entendais parler j'avais souvent la bêtise de me demander ce qu'un type ayant de telles théories faisait à la Ratp. Mais je pensais mal, car Henri était un être de sensations, nourri de ses expériences et du frottement continuel avec les circonstances. Ce n'était pas l'un de ces penseurs dont la porcelaine d'idées se serait brisée au contact de la vie quotidienne. Il était comme un bloc de granit que le burin de l'usuel révèle. « Bah couillon de la lune, tu voudrais que je fasse quoi ? me disait-il quand je le questionnais. Que j'aille me percher sur une colonnade avec du laurier sur la tête et une pancarte au cou "ami des arts et des lettres" ? C'est quoi cette question, faut être un crétin pour bosser à la Ratp ? un acculturé ? T'y bosses pourquoi toi ? – Nan, mais c'est pas ce que je veux dire Henri, je tentais alors de me rattraper, mais tu aurais pu essayer d'écrire des livres, non ? Avec toutes tes théories... Tu voudrais pas t'y consacrer à temps plein ? – Tu comprends rien, m'envoyait-il alors valser. La poésie c'est du vivant, c'est le couteau suisse de la vie de tous les jours. La poésie ça t'aide à comprendre que la beauté c'est d'être là où tu es, un point c'est tout. Si tu la vis pas, tu peux pas la comprendre la poésie. Ça te dirait quoi des hommes ? Ça rend libre la poésie, ça détache du regard premier sur la vie, celui qui colle au parquet. Moi, ce qui m'intéresse, c'est de débusquer le lien entre les choses. »

Ce n'est pas pour rien que je dis qu'Henri était un poète. Henri voyait les mêmes choses que nous autres, mais pas avec la même focale. Moi je travaillais comme conducteur parce que j'aimais ça, parce que ça coulait dans mes veines depuis que j'étais gosse. D'ailleurs mon père était selon les dires de ma mère conducteur de trains. Le fruit ne tombe jamais très loin de l'arbre. Depuis gosse, j'adorais les trains électriques. Ça me fascinait, le bruit des roues, de la locomotive, l'imbrication des rails, le nom des gares. Puis j'avais découvert Paris et son métro. J'avais découvert Guimard et son univers métallique de botaniste métallurgiste, ses stations qui affleurent comme des nénuphars sur les boulevards. Le métro, c'était plus à ma mesure et plus intime que de conduire des trains. Il fallait bien un emploi pour vivre, eh bien celui-ci correspondait à mon univers et me permettait de rêver. Henri c'était pas pareil, c'était alimentaire le métro. Mais lui aussi ça lui permettait de se laisser porter et de mieux divaguer.

Il avait ce drôle de truc avec les couleurs. Je l'avais remarqué au détour d'une conversation un jour où je le voyais feuilleter un bouquin et où il a commencé à me parler du *rouge* particulier des mots et des phrases. « C'est pas le rouge du pare-brise ensanglanté, hein, m'a-t-il taquiné. Tu sens ce rouge ? », et il a ânonné des phrases de sa voix de stentor, laissant en cadence ses premières salves de mots amerrir sur celles d'après. Comme j'arborais l'air végétatif de celui qui écoute mais qui ne saisit pas et des yeux d'âne paissant, Henri a poursuivi en m'expliquant que ce dont il me parlait s'appelait la *synesthésie*. Que certaines personnes pouvaient sentir une odeur en entendant un mot, et d'autres voir des couleurs et d'autres encore des chiffres. « C'est des associations que ton cerveau fait. C'est en tout cas ce qui se dit chez les scientifiques, mais moi je pense que les couleurs en question correspondent juste au type d'âme des écrivains. Quand ils ont la même nature, ils écrivent de la même couleur. C'est pas parce que j'ai un problème avec le rouge ou qu'il fait chaud en Amérique latine que je vois du rouge en lisant ce romancier argentin. Il peut y avoir des rouges chez les auteurs du Nord. » Il m'en a cité quelques-uns, puis les nuances et les couleurs d'autres prosateurs, et a poursuivi : « En fait, chaque personnalité rayonne de sa couleur quand elle se trouve. » Je ne bitais plus du tout ce qu'Henri voulait me faire voir et il a ralenti son rythme pour être plus clair. « Quand l'écrivain – ou le vrai poète – écrit, il ne fait pas comme ceux qui l'ont précédé en se disant que l'écriture répond à des normes et à des thèmes. Non, le vrai poète se met, grâce à sa concentration, dans une sorte de transe qui lui permet de véhiculer un message qui lui est dicté. Le message est ensuite modelé et coloré par sa propre personnalité à lui qui le reçoit et qui le peaufine pour le transmettre le plus universellement possible. C'est là qu'en lisant sa prose, par la suite, on voit la couleur qui est la sienne et dans quelle catégorie d'âme il se range. Alors, on peut faire le lien avec les sonorités et les couleurs d'autres poètes qui lui ressemblent et qui ont la même vision du monde, la même sensibilité à ce qui est visible ou caché. Ça touche pas qu'à la poésie ces couleurs. Par exemple, quand tu fais l'amour avec une femme, tu vois bien des couleurs qui se dégagent en fonction de l'énergie ? Tu n'entends pas des sons cachés dans telle et telle partie de ton corps ? » Moi, je détestais parler de ce genre de chose, mais à cet instant, je sentais ce qu'il voulait dire parce que avec Madeleine je voyais souvent des couleurs. « Les sentiments correspondent à une certaine vibration qui fait une certaine couleur quand elle s'étend dans l'espace. Donc, quand tu fais l'amour, en fonction des sentiments et des personnalités de ceux qui font ce qu'ils font, il y a un son et une couleur globale qui s'échappent, et comme dans tous les immeubles autour il y a des gens qui en côtoient d'autres, ça crée une symphonie globale et colorée comme si on était tous des cordes. Tu y es ? – Oui-oui, on est comme des fréquences de radio qui réceptionnent et qui retransmettent par le corps des messages. – Tout à fait ! Chacun de nous est une corde qui a besoin des autres pour que le message global se diffuse, comme sur une harpe, et il faut faire attention à sa moralité et à ce qu'on fait pour que, en tant que corde, on puisse être au meilleur de soi-même. Certains sont choisis pour être en haut de la harpe, certains en bas, et ça n'a aucune importance parce que l'une ne pourrait pas exister à la place de l'autre ou sans l'autre. Quand tu es à la place qui est la tienne, celle qui t'était destinée mais que tu devais atteindre de toi-même, à force de recherche et de persévérance, un doigt passe sur les cordes et tout est magnifiquement en accord. C'est pourquoi je travaille bien gentiment à la Ratp, sans me soucier de certains qui pètent plus haut que leur cul, et c'est pas que ça me fasse plaisir plus que ça, c'est juste que je suis en accord avec ma place dans le temps et dans le monde. Même pour une vie qui peut sembler anodine, c'est des grandes choses qui sont en jeu tu sais. »

« Tu es un poète Henri, je concluais sempiternellement à la fin de ses explications. Tu parles avec des images et des sons que tout le monde n'entend pas. Tu serais pas un mystique des fois ? » Il se marrait Henri et il me répondait : « Je suis un mystique parce que je crois qu'y a du sens et des signes cachés partout ? – Bah, tu peux aussi être psychotique parce qu'il paraît que les schizophrènes… » Quand je versais là-dedans, même pour rire, Henri me coupait sec : « Ah non ça va hein, pas les cachetons, pas toi s'il te plaît hein. J'en ai déjà soupé. »

J'ai essayé de prêter attention aux couleurs et aux sons d'Henri. Ça me poussait dans des tableaux que je traversais à la tête de mon métro et dans lesquels je me fondais délicieusement. C'est bon d'avoir l'impression qu'y a un sens aux choses et qu'on est à sa place. C'était cela Henri, une intelligence du cœur aiguillée par l'instinct.

Une descente de riches

Qui vous dit que la Ratp ne réserve pas de surprises à ses employés ? Il fut un temps où elle (qui enregistrait de mauvais chiffres suite à une hausse des fraudes et à la concurrence des vélos et trottinettes) s'était acoquinée avec une start-up montée par des jeunes sortant d'HEC. Leur boîte s'appelait les 3L, acronyme de leurs prénoms respectifs : Léopold, Léonard et Louis-Philippe – Louis-Philippe ayant gracieusement fait passer son patronyme sur le lit de Procuste. La collaboration avait débuté par l'idée d'une « mise en place sauvage » de slogans censés rajeunir notre image. Mais les « Chevaleret zéro déchet », « Si t'es écolo, tu prends l'métro », « À Passy, on fait l'tri ! » semblant n'avoir eu aucune incidence sur le nombre d'usagers, ils avaient dû réfléchir à une nouvelle stratégie. Du bouillonnement des trois cerveaux avait jailli un syllogisme implacable : Vous avez besoin d'argent. Or les riches possèdent l'argent. Donc vous avez besoin des riches. Il fallait prendre l'argent là où il se trouvait et organiser des « descentes de riches » dans le métro, il fallait leur proposer des « forfaits découverte » avec des termes qui les rassurent comme le tour ISF : sur les traces des **I**ntrépides **S**alariés **F**rançais. Si cela fonctionnait, peut-être pourrions-nous envisager de futurs mécénats, et les 3L avaient même déjà pensé un forfait « sensations fortes », où les preux pourraient pénétrer les premières stations des lignes de RER. Au diable les bobos ces avares, nous allions être épaulés par la valeur sûre de ceux ayant survécu à toutes les époques. Mais chaque chose en son temps et il nous fallait, pour que le bouche-à-oreille fonctionne, leur organiser une première visite aux petits oignons. Une certaine Greta avait été embauchée comme guide et j'avais été choisi pour incarner le « conducteur type de la Ratp », comprenez par là que j'étais d'âge moyen et que je n'étais pas du Stif*, ni trop décati par le labeur.

Le matin de ma première descente de riches, j'étais tout ficelé dans le repassage militaire de ma tenue, l'équateur de ma raie séparant très exactement les deux pôles de ma chevelure et, puisque nous parlons kératine, Greta, qui ressemblait tout à fait à une Fräulein avec son énorme trousseau de clefs accroché à la taille, arborait quant à elle une queue-de-cheval si serrée que ses yeux sévères semblaient vouloir sortir de sa tête. C'est alors que nous avons entendu

* Syndicat des transports d'Île-de-France.

des filets de voix descendre les escaliers de la station Boissière : « C'est une véritable crypte cette affaire ! – Oui, accrochez-vous à la rampe, bonne maman, ce ne sera plus long. » « C'est votre première fois à vous aussi ? – Oui. C'est ma bru qui a eu l'idée de m'offrir cette sortie. Admirable cette petite doudoune. » « Espérons que cela sera plus gai que dans le film *Kanal* ! – *Kanal* se déroule dans les égouts voyons, c'est plus humide. » « Virgile, me voici ! »

En bottes de chasse, jodhpurs et Barbour, Élise et Enguerrand tenaient la main de Bonne Maman, délicieuse comme une dragée de baptême avec son carré blanc bouclé et son pardessus de laine parme. Édouard en blouson aviateur avait l'œil rieur et la pipe au bec ; Jean-Eudes, l'anthropologue du groupe, buvait de grandes rasades de Chateldon, préparant ses cordes vocales à délivrer l'énorme culture qui était la sienne. Pam dans sa courte doudoune surplombait de toute sa nuque de girafe son mari Hubert, Hubert qui ressemblait à s'y méprendre à un rouge-gorge, ayant l'aérodynamisme corporel de la goutte d'eau et un foulard d'un carmin pétard autour du cou. Ils étaient tous attendrissants comme des santons prêts à pénétrer l'étable, leurs yeux écarquillés par la curiosité fixant les voûtes et les quais de la mine du commun des mortels, et Greta a commencé à faire l'appel, germanique jusque dans sa prononciation : « Mirmont Te Sainte Poix ? » Élise, Enguerrand et Bonne Maman ont levé la main. « Te Fille Ray ? – PRÉSENT », a immédiatement répondu Jean-Eudes. « Tu lac Te Noilly ? » Édouard le cabotin a adressé un clin d'œil à Pam, « Pour vous servir. » « Telacourturoy ? » Dédaigneux, les regards se sont braqués vers Hubert, lui dont l'ancêtre avait, pour survivre, accepté d'asphyxier sa particule, et Pam a haussé les épaules pour se dédouaner.

Jean-Eudes trépignait d'impatience – ce qui donnait un léger Parkinson à ses lunettes rondes en écaille de tortue – et quand l'appel a enfin été terminé il a pu prononcer la première réplique qu'il avait préparée et apprise : « Mais c'est qu'il y fait chaud ! » en référence à Édouard Balladur et à sa visite du métro. Ses congénères ayant tous ri en chœur (sauf Édouard qui ne riait que de manière individuelle car son rire était une arme de séduction qu'il avait beaucoup perfectionnée), Jean-Eudes s'est rengorgé de sa subtile boutade, mais Greta qui ne voulait pas d'indiscipline dans ses rangs l'a renvoyé dans les cordes aussi sec et il a baissé la tête comme un élève que la maîtresse rabroue : « Pien. Très spirituel Chean-Eutes franchement. Che fois que t'avoir le même patronyme qu'un comique populaire fous a tonné te l'allant mais ne tistrayez pas trop fos camarades pour autant. » Puis elle a fait cliqueter son trousseau de clefs, frotté tel le taureau le sol de son talon et mis sa large silhouette en marche, suivie par nos riches en rang d'oignons derrière sa queue-de-cheval haute qui faisait comme le balancier d'une cravache. Jean-Eudes a bien sûr doublé ses congénères pour s'octroyer la première place de la file en maugréant qu'il n'avait aucun lien de parenté avec l'énergumène comédien à qui Greta venait de faire allusion.

Les talons de Greta martelaient le sol à en faire sortir des étincelles, ses collants en nylon moulaient ses mollets musclés, tandis qu'elle récitait sans même s'arrêter : « Ici c'eh le panheau t'heur t'arrivée tes métros. Lefez les yeux che fous prie tans ce sens », Jean-Eudes désigna de l'index le fameux panneau en se retournant vers ses condisciples, « Ici c'est tune caméra qui enrechistre ze qui se passe sur le quai, regardez comme c'est astoucieux » et Jean-Eudes montra la caméra au plafond en faisant de ses mains un rond similaire à celui d'un objectif zoomant et dézoomant. Édouard, coco belle gueule qui avait en horreur la brusquerie des Allemandes, clôturait la queue et n'avait d'yeux que pour le postérieur de Pam qui intuitivement le faisait chavirer du mieux qu'elle pouvait – son mari plongé dans un carnet qu'il griffonnait des informations délivrées depuis le début du tour ne se rendant aucunement compte qu'un Casanova à pipe avait pour intention de détourner sa moitié. « Stopeuh che fou prie ! » Greta a, de son trousseau, sèchement ouvert une porte fichée dans le mur de faïence jouxtant un escalier. « Ici c'est pour le repos du trafailleur, fous poufez regarder s'il fous plaît. » Nos riches ont passé la tête par l'entrebâillement. « C'est comme une studette ! » a dit Élise à l'adresse de Bonne Maman, mais Jean-Eudes qui avait entendu a souligné en replaçant ses lunettes que « Non car une studette doit faire plus de 9 mètres carrés et ce creux dans le mur s'appelle un local technique ». Tous propriétaires de chambres de bonne, ils ont tenu à partager quelques histoires personnelles sur le pouce. C'est Édouard qui a commencé, rythmant de son rire « séduisant et spirituel » son anecdote : « Ma quatrième femme, qui n'avait pas que des défauts, hahahah, a eu l'idée de faire percer le mur des toilettes de service du dernier pour l'accoler à notre chambre de bonne. Nous avons ainsi gagné le mètre carré permettant de la louer ! » Sifflements d'admiration. « Eh bien MOI, a tout de suite repris Jean-Eudes, j'ai fabriqué des toilettes à l'intérieur de l'une des chambres de bonne que je loue pour que l'étudiant n'ait pas à en sortir. Comme il ouvre la fenêtre plus régulièrement pour aérer, j'évite ainsi les moisissures et les claquements de porte qui fissurent ! » Sifflements. « Eh bien pour ma part, a dit Élise en arborant un faux air modeste, j'ai soumis à mon époux et à Bonne Maman l'idée de boucher l'œil-de-bœuf de chacune de nos chambres de bonne pour pouvoir les louer au double de leur prix comme "studio photo pour artiste". Ainsi, nous avons pu faire changer la toiture de notre manoir du Touquet. » Sifflements, applaudissements. Enguerrand a tendrement embrassé

Élise derrière l'un de ses lobes d'oreilles parfumé et elle a effectué un mouvement de tête altier faisant valser ses mèches miel. Édouard se demandait désormais si Élise n'était pas plus désirable que Pam et il mâchonnait sa pipe comme un castor devant ce choix cornélien que le destin mettait en travers de sa route, risquant de se fiche une écharde dans la langue. « Eh pien moi, a dit Greta, chaimerais un peu te silence pour cetheu fisite s'il fous plaît. » Jean-Eudes, attendant qu'elle se soit retournée, lui a tiré la langue et fait des oreilles de lapin, ce qui a de nouveau fait rire le groupe. Puis, porté par son succès naissant, il l'a imitée en écartant les jambes et en marchant avec les poings sur les hanches, dodelinant de la tête comme s'il donnait des ordres, mais Greta s'étant subitement arrêtée, il lui est rentré dedans de plein fouet. « Arh ! Chaimerais que fous cessiez te faire le pitreuh Chean-Eutes. Fous ne faites rire que fousmême, c'est pathétique ! » Premier élève lésé devenu rebelle par la force des choses, la guerre était déclarée et Jean-Eudes a enlevé ses lunettes en écaille qu'il a rangées dans sa veste en tweed. « Non mais pour qui se prend-elle ?! » a-t-il murmuré à Enguerrand derrière lui, qui a répondu : « Oui ! Ça ne leur a pas suffi d'avoir investi nos châteaux durant la guerre ! » Puis il a sorti une flasque de scotch de son Barbour qu'il a tendue à Jean-Eudes tout excité de s'être fait un copain, flasque par la suite interceptée par Élise qui l'a tétée comme du petit-lait avant de la tendre à Bonne Maman qui elle aussi y a fait honneur. Édouard qui avait observé toute la scène a décidé que le groupe d'Élise était décidément trop soudé pour y pénétrer et il a accéléré pour se mettre au niveau de Pam à qui il a raconté, « Hahaha », l'histoire de sa deuxième femme qui était une artiste spécialisée dans la peinture sur assiettes, se rapprochant de plus en plus de sa doudoune au cours de ses confidences, le patchouli qui émanait de sa personne recelant désormais à ses yeux bien plus de promesses que l'usuel et sans surprise N° 5 porté par sa concurrente d'un instant.

Au détour d'un couloir des gars collaient des affiches publicitaires et le groupe s'est arrêté pour en observer une qui vantait les mérites d'une entreprise de livraison de courses à domicile montrant : des spaghettis, des tomates, du basilic et une bouteille d'huile d'olive barrés par un slogan « Le lundi, c'est Italie ! ». Jean-Eudes a finement observé : « Regardez, c'est une sorte de nature morte ! – Ah, la Sicile ! a dit Enguerrand en levant les bras au ciel, Lumpedusa ! », et en chœur ils ont récité : « Il faut que tout change pour que rien ne change ! » Puis Bonne Maman a vanté l'importance des artistes « poumons de la société » qui, même s'ils apportaient de mauvais vins aux dîners, étaient toujours si distrayants. Pam de son long cou indolent suivait la balle des discussions et Édouard salivait à cette vue à s'en faire glisser les quatre fers en l'air. Hubert quant à lui, rouge-gorge studieux, avait toujours le bec fourré dans son carnet mais il évitait agilement les silhouettes des usagers tandis qu'il griffonnait en majuscules : *Le lundi, c'est Italie !*

Nos riches étant décidément très bien éduqués, sur les conseils de Jean-Eudes qui leur avait expliqué que les voyageurs étaient des habitués, ils ont commencé à saluer tous ceux qu'ils croisaient comme s'ils déambulaient dans un village, ce qui faisait s'éloigner rapidement les voyageurs les prenant pour les membres d'une secte voulant leur demander quelque chose sous leur air de ne pas y toucher. Édouard, qui avait sans payer pris une baguette magique luminescente sur le stand d'un camelot pour la donner à une petite fille sur les épaules de laquelle il mimait l'adoubement, et ainsi montrer à Pam la générosité qui était la sienne, s'est fait rabrouer par le vendeur. N'ayant pas de monnaie sur lui, il a poussé son fameux « Ha ha ha. Mais c'est que l'on m'accuse de grivèlerie ! » et l'a remise en place sous les hurlements de l'enfant lésée et le regard noir de sa mère. Greta qui aimait l'ordre était absolument furieuse de son groupe. « Fou zêtes pires que tes enfants. Fou mériteriez des coups de spatule en pois che fou le dis ! Et fou Chean-Eutes tes oreilles t'âne en papier pour tout ce temps perdu. »

Spirituel, Jean-Eudes a imité le bruit de l'âne brayant, tandis qu'en une cordée folâtre le groupe descendait la dernière salve de marches de l'escalier menant au quai. C'est alors qu'Élise a poussé un cri admiratif devant un sdf endormi sur un matelas et dont un cauchemar raidissait les traits. « Oh ! Un gisant ! Juste ici les amis, venez voir ! » Tout le groupe a entouré le bonhomme avec attention. Comme pris d'un pressentiment le sdf a gémi dans son sommeil et, dormant toujours, ses paupières se sont ouvertes sur deux yeux mi-clos dont les prunelles donnaient l'idée d'une extase. « Ces traits déjà tendus vers l'au-delà ! Il voit la lumière au bout du chemin, c'est sûr ! » Le groupe était fichtrement béat et Élise a sorti un billet de cinquante euros, qu'elle a déposé à côté du type en le coinçant sous le cul de sa bouteille de villageoise vide. « Hahaha, moi je ne donne qu'à la messe », a vainement plaisanté Édouard puisqu'il apparaissait depuis la sombre affaire de la baguette magique comme un avaricieux aux yeux de Pam ; Bonne Maman, elle, a voulu savoir si ces pauvres âmes avaient leur propre chapelle. « Pon Pon ! Fous n'en faites qu'à fos têtes. Tenez-fous prêts car le métro arrife ! Fous zaurez l'air fin s'il fous passe sous le nez ! a crié Greta. – Il arrive dans ENCORE deux minutes, lui a rétorqué Jean-Eudes en désignant le panneau des horaires. C'est inscrit ! » Puis il a repris sa discussion où il rassurait Bonne Maman sur l'âme des pauvres hères du monde souterrain qui étaient « comme les Aborigènes » et qui éviteraient l'enfer pour le purgatoire puisque leur manque de foi était lié à leur ignorance.

Le métro arrivé sous leurs applaudissements, le groupe s'est donné la main pour y pénétrer tandis que Jean-Eudes bousculait Greta pour être le premier à montrer à ses amis le système d'ouverture de la poignée : « Regardez, regardez ! C'est comme cela qu'il faut faire ! Une légère et définitive rotation de la poignée de la droite vers la gauche, vous voyez. – C'est malheureusement souvent dans ce sens que les choses vont… », a murmuré Enguerrand à ses comparses qui ont soucieusement acquiescé après avoir vérifié que les passagers, certainement tous communistes, n'avaient pas entendu.

« *Schnell, schnell* ! »

Jean-Eudes était dans un état d'excitation soudain et étrange et il regardait en tous sens, les sourcils arqués et les joues rouges, quand la sirène signalant la fermeture des portes s'est fait entendre. « Montjoie ! Saint Denis ! » a-t-il crié en repoussant brutalement Greta en dehors du wagon, la laissant sur le quai et rétrécissant à l'horizon proférer des furieux « Arf ! Sapristi ! Fous me le paierez Chean-Eutes ! Foi te Greta ! ».

Jean-Eudes bigrement félicité, ils se bidonnaient et d'autant plus que « Ça bouge ! », s'agrippant les uns aux autres, tandis que Bonne Maman sortait de son cabas une bouteille de vieux scotch dont elle a rempli la flasque de son gendre et qui est passée de main en main. À chaque rasade ils répétaient :

« Et encore une que l'ennemi n'aura pas ! » Puis Jean-Eudes a repris ses explications : « Comme vous pouvez l'observer, Tocqueville l'avait prédit, il n'y a plus de première classe ! – Mais ils veulent tous le siège du voisin », a aussitôt dit Élise en voyant une dame se décaler d'un carré à l'autre pour être dans le sens de la marche. Bonne Maman qui était très progressiste s'essuyait les yeux avec un mouchoir brodé en répétant qu'ils étaient tous frères et que c'était très beau. Édouard disait « Fouette cocher ! » en mimant des pertes d'équilibre pour s'accrocher à Pamela. « Regardez Édouard, a crié Jean-Eudes, vous pouvez aussi vous tenir à cette barre métallique pour garder votre équilibre », et Édouard lui a répondu : « Merci mon cher mais, hahahaha, j'ai trouvé une liane plus agréable pour ce faire ! », avant de glisser à Pam qu'avec une nuque comme la sienne elle n'aurait jamais survécu à « l'épuration de 89 ». Pam ne réagissant pas à son compliment qu'il trouvait très spirituel, Édouard, bougon, est allé s'asseoir auprès d'une jeune femme qui sommeillait dans un carré pour essayer de la rendre jalouse. Tentative qui fut de très courte durée car il s'était rendu compte qu'elle ne s'épilait pas les jambes, ce qui, à ses yeux la rendait cousine germaine de Jacquou le Croquant. Bonne Maman avait quant à elle profité d'un arrêt pour s'installer à côté d'une mamie et lui dire tout le respect qu'elle avait pour les femmes de sa génération qui avaient « le temps d'aller travailler ». Sa consœur observant le teint de nacre de Bonne Maman, ses gants bistre et le pastel de son manteau, ne semblait pas comprendre ce que la reine d'Angleterre faisait en face d'elle à lui faire la causette. Debout et en rond comme les sorcières de Macbeth, Jean-Eudes, Élise et Enguerrand se passaient toujours la flasque, Jean-Eudes revenant sur son éjection de Greta la Schleue du wagon : « Et là, j'ai vu dans mon esprit la baïonnette qui avait transpercé mon aïeul lors de la bataille d'Amiens et ni une ni deux, mon sang n'a fait qu'un tour ! »

Mon métro poursuivait son bonhomme de chemin et Melchior est entré pour réciter un passage de la Bible. Ils étaient transis d'admiration et fiers de voir que contrairement à ce qui se murmurait la déchristianisation n'était pas pour aujourd'hui. Quand il a eu terminé, ils se sont signés et Élise a désigné une affiche publicitaire qui ornait l'un des quais, s'extasiant que des passages de l'Évangile soient ainsi placardés : « Venez comme vous êtes. » Ordet. Assis juste en dessous du dicton McDonald's, l'air mauvais et l'incarnant à merveille, René-Charles cuvait sa bière. J'ai eu beau accélérer la fermeture des portes, l'agile faucheux à bedaine a tout de même eu le temps de pénétrer le wagon dont il observait la populace, faisant tournoyer le micro accroché au bout de son câble comme un cow-boy son lasso. La scène était suffisamment étonnante pour que René-Charles vérifie le niveau de sa bière ; à l'aise sur les strapontins, les riches tapaient la discussion comme chez eux autour d'un thé, tandis que les usagers s'étaient regroupés au bout du wagon en un petit groupe tassé. Tous les regards se sont braqués sur René-Charles dont l'entrée venait d'être remarquée – l'œil luisant des riches et celui suppliant des usagers voulant qu'on les sauve de cette horde de hooligans en cachemire.

« C'est un musicien du métro ! a dit Jean-Eudes en se mettant une tape sur le front. J'ai toujours rêvé d'en voir un ! Chante l'ami, chante ! » et il a commencé à applaudir, bientôt imité par tout le groupe. René-Charles bouillonnait, qui étaient ces gus le prenant pour un jouet, pour un bouffon devant les distraire ? Sa canette de Guinness à la main, il s'est approché de Jean-Eudes : « C'est à moi que tu causes tête de nœud ? » Jean-Eudes a réfléchi comme s'il avait oublié quelque chose et ses yeux se sont écarquillés. Mais bien sûr. Il a fouillé ses poches et en a sorti une pièce de 2 euros qu'il a placée dans la paume de René-Charles. « Voici ton dû mon bonhomme. Acceptes-tu désormais de pousser la chansonnette ?

– Et toi tu vas la pousser la chansonnette tête de cloche ? C'est des choses qui s'font chez toi d'obliger les artistes à s'crever et à rester les doigts de pied en éventail ? » Et il lui a tendu son micro en lui mettant un coup sec dans les côtes. « Jean-Eudes ! Jean-Eudes ! Jean-Eudes ! » a lancé Élise en claquant des doigts, tandis que le groupe lui donnait le *la*, et Jean-Eudes s'est raclé la gorge et a commencé à chanter :

« Le roi Renaud de guerre revint tenant ses tripes dans ses mains. Sa mère était à la tour en haut, qui vit venir son fils Renaud. »

Élise : « Oooooh… »

« Renaud, Renaud, réjouis-toi ! Ta femme est accouchée d'un roi.

– Ni de ma femme ni de mon fils, mon cœur ne peut se réjouir. »

Bonne Maman : « Oooooh… »

« Je sens la mort qui vient me chercher, mère, faites dresser un lit. Point de temps je n'y resterai, à minuit je trépasserai. »

En chœur : « Oooooh… »

La fin de la chanson évoquait le suicide de la femme de Renaud qui, ne voulant survivre à son roi, demandait à la terre de l'engloutir avec son enfant. Le groupe de riches pleurnichait, tout empli des nobles valeurs de sacrifice qui avaient été celles de la France, et René-Charles était lui aussi très ému car il était sûr que cette chanson venait de son royaume de Bretagne et qu'elle avait quelque chose à voir avec sa famille. Quand il a vu Bonne Maman remplir la flasque d'Enguerrand et la faire passer de main en main, l'écluse de ses paupières a lâché et il s'est peu après lancé dans un portrait épique de sa mère, elle qui, « foi de Breton ! », était à l'époque capable de coucher à elle seule toute la population d'un troquet tant elle restait droite sur ses jambes jusqu'à sa fermeture et de pourfendre les huissiers à coups de balai bien placés. « Une force de la nature ma mère ! Junon couronnée de sa coiffe bretonne, des jambes musclées comme celles d'un cheval de trait, solidifiées par les embruns de la récolte des moules et les coups de pied au cul qu'elle mettait à mon paternel ! – À votre mère, René-Charles ! À cette sainte femme ! – Ma mère, elle vous arrachait un bouchon de sa bouteille en un coup de couteau, comme ça qu'elle séparait la mère d'son nourrisson ! Et elle pouvait aussi s'y mettre avec les dents ! – Un cosaque n'eût pas fait mieux ! À votre mère René-Charles ! – Son mari, mon père, il avait bien dix ans de moins qu'elle et il voulait pas reconnaître l'enfant que j'étais, vu qu'il disait qu'elle l'avait enivré un soir pour le lui faire. Qu'est-ce qu'elle a fait ma mère ? Elle a chanté devant tous ses amis les paroles qu'il lui avait dites au creux de l'oreille avant qu'ils ne fassent leur affaire, puis elle l'a saisi au col vu qu'il était plus petit qu'elle, et elle l'a ram'né de force devant l'curé. Croyez-vous que quand elle m'a eu elle était justement au comptoir du troquet de son fief à boire une Guinness et voyant qu'elle perdait les eaux et qu'on voulait l'emmener à l'hôpital, elle s'est récriée qu'on naissait et qu'on mourait parmi les siens. Elle a poussé, poussé, et moi tout rose et en pleine forme je suis venu au monde tandis qu'elle

terminait sa bière avant qu'on la transporte chez sa voisine pour couper le cordon ! Baptisé à la mirabelle une croix sur le front hop, porté au milieu d'un joyeux cortège, hop hop ! Voici mes premiers pas sur la terre de mes aïeux et nique l'Ankou ! Nique la déesse de la mort qui vient nous prendre ! Et nique sa sombre et diabolique cousine la fée anguille qui hante les marais ! Elle est pas v'nue la divinité femelle qui va me commander avec la mère qui a été la mienne !
– À votre mère, René-Charles, à cette sainte femme !
– Quand elle est morte ma mère, on a posé son urne au-dessus du comptoir pour qu'elle puisse contempler la place qu'elle y occupait et qu'elle aimait tant ! Y en a pas un seul qui n'y vienne qui oublierait de la saluer avant d'boire, ça je peux vous l'assurer !
– À fotre mère, René-Charles ! ceteuh sainte femme ! »

Les cheveux se sont dressés sur les têtes, c'était Greta qui par on ne sait quel miracle avait réussi à rattraper le wagon et qui était secondée par des vigiles de la Ratp. Greta avait des mèches entières qui étaient sorties de sa queue-de-cheval et qui collaient à son front et à son menton, elle avait le teint rouge et luisant, les oreilles décollées, les yeux injectés. « La fée anguille… La cousine de l'Ankou… », répétait terrifié René-Charles, tandis que les riches, Jean-Eudes en tête, tentaient de fuir le wagon dans un vent de panique.

Rapidement seules sont restées à terre les binocles de

Jean-Eudes, binocles que René-Charles a empaquetées dans le texte mouillé de l'une de ses chansons, avant de partir dépité et choqué s'asseoir sur un siège du quai, mutique comme un enfant devant la violence dont il avait été le témoin et la réapparition en pleine ville de l'un des monstres de son folklore breton. Ce fut ma seule descente de riches. Certaines populations ont entre elles un écart qu'il est inutile, même avec la meilleure volonté du monde, de vouloir combler.

Cependant, malgré ce fiasco, les 3L ne se sont pas avoués vaincus et c'est une autre de leur idée qui a mis fin à leur collaboration avec la Ratp. Les 3L avaient organisé des soirées privées où ils invitaient des hommes d'affaires de différents milieux pour en faire de potentiels donateurs. Celles-ci avaient lieu dans certaines stations fermées au public et, lors de l'une d'elles organisée le jour de la Journée de la femme, parmi les serveuses grimées en soubrettes s'était glissée une féministe endurcie qui avait arraché son col en dentelle et planté la broche servant à découper la dinde dans la main de l'un des gourmets attablés. Journée de la femme, costume misogyne et tripotage, autant dire que pour les 3L cet incident était une catastrophe majeure qui allait durablement ternir l'image moderne qu'ils essayaient de renvoyer. Le divorce s'effectua ainsi d'un commun accord et nos journées redevinrent plus ternes, mais plus reposantes.

Amandine et ses trois sauveurs

Parmi les personnes que je garde précieusement à l'abri dans le tabernacle de mes souvenirs liés au métro, il y a Amandine. C'est pour elle que j'ai fini par tuer un homme. Amandine est liée à Henri, à Yvette, Melchior, Soren, René-Charles et elle entretenait un lien tout particulier avec la bande d'Hervé, FX et Mathias, les clochards philosophes de la station Raspail que je ne vous ai pas encore présentés. Amandine je l'ai rencontrée un jour que je prenais mon service à Nation. Elle avait réussi à saboter la poignée de mon wagon pour y dormir. Elle était recroquevillée dans un carré de quatre, vêtue d'un short en jean, qui au vu de sa découpe hasardeuse avait premièrement dû être un pantalon, de godillots montants et d'un sweat à capuche. Ses jambes maigres et blanches comptaient pas mal de bleus, l'un de ses genoux s'ornait d'une énorme croûte sale et son mascara avait coulé, ce qui lui donnait la bobine d'un raton laveur dépressif. Quand elle avait ouvert les yeux, la punk à chien sans chien qui n'avait de rasé qu'un côté de sa tête m'avait balancé en un pied-de-nez gracieux : « Salut, j'ai vu de la lumière, je suis entrée. » Elle avait un joli visage classique qui jurait avec son habillement et sa coupe de cheveux. On voyait aussi que, malgré son maquillage, elle était très jeune et cela était sûrement accentué par une maigreur faisant que son visage n'était composé que de l'essentiel, à savoir deux pommettes saillantes, une mâchoire bien dessinée, un nez légèrement busqué, une petite bouche ronde aux lèvres fines dévoilant deux incisives un peu plus longues que leurs voisines et deux grands yeux gris. Il n'y avait pas de superflu dans ce visage tout comme dans ses actes emportés et ses avis tranchés. Son caractère brûlait une graisse qui s'accroche parfois chez ceux qui, las de ne pas avoir de réponses à leurs questionnements, se réfugient un peu trop dans l'oisiveté qu'offre le concret. Amandine était arrivée à Paris en même temps que l'une de ses connaissances de province, après des études de lettres. Elles avaient emménagé ensemble sans beaucoup se connaître et s'étaient mutuellement dévoilé des incompatibilités de caractère. L'amie en question, entretenue par ses parents et peaufinant une image de Parisienne fortunée, avait effectué des études dans le seul but de ferrer un poisson d'un milieu social supérieur. Son baratin creux n'avait pas longtemps fait illusion. Irritées l'une par l'autre, la coquette ayant agilement trompé son monde et accéléré son processus de sélection, elle lui expliquait quatre mois à peine après leur arrivée qu'elle comptait déménager pour vivre avec son boyfriend, un fortuné galeriste soixantenaire. « Pauvre homme, il va être plongé dans les précieuses ridicules plus vite qu'il ne croit. Mais n'ayant pas trouvé ton âme, il a dû s'arrêter à ta bobine. » Bref, Amandine avait fissa dû déserter la colocation car elle ne pouvait en assumer le loyer seule. Livrée à elle-même car elle ne parlait plus à ses parents avec lesquels elle entretenait des relations tempétueuses, ne connaissant personne à Paris, elle avait fait ses premiers vrais pas dans la dèche et s'était mise à la philosophie. Heureuse découverte ? Malheureusement, lues sans l'aiguillage de tuteurs papivores, ses fraîches lectures de quelques abrégés de Nietzsche et de Marx la cantonnaient à une vision assez binaire du bien et du mal. Ce qu'il fallait fuir, c'était l'asservissement qu'engendrent le travail et le fardeau de la culpabilité véhiculé par le regard des autres. Ainsi, elle avait décidé de commencer à prendre de ces drogues qui délient l'esprit et ouvrent des portes. Son ventre sonnait désespérément creux. C'est un jour qu'ayant effectué un service dans un restaurant et été renvoyée pour avoir puisé dans la caisse de « l'exploiteur », elle était tombée nez à nez avec son prince charmant : un ancien théâtreux beau gosse et « anarchiste », qui se piquait à l'héroïne dans un studio miteux qu'il avait hérité de sa tante. Un coup de foudre… Admirative de ce pur-sang à dreadlocks, elle était tombée dans le panneau. Les disputes fréquentes des deux tourtereaux alcoolisés pouvaient aller assez loin et, lors de l'une d'entre elles, énervée qu'il se fasse de plus en plus régulièrement les phalanges sur elle, elle avait déserté. « C'est pas un méchant tu sais, me disait souvent Amandine, mais ce n'est plus le même quand il boit. Puis c'est le deuxième de la famille et ses parents ont divorcé et… » Elle s'enlisait dans ses justifications en stuc, rougissait. « C'est pas de sa faute », répétait-elle, et moi je voyais bien que, malheureusement, cette histoire n'était pas terminée et qu'il allait de nouveau lui faire du mal et la tirer vers le bas. Mais allez faire entendre raison à une jeune femme amoureuse. Ce type n'avait pas de génie mais il avait de la psychologie et d'emblée il avait vu en elle un moyen de doubler ses recettes. La manche, la drogue, la manche, la drogue, car elle s'était esseulée dans une vie et dans un rythme que les autres désapprouvaient. En tout cas, après cette fameuse dispute de trop, j'avais hérité d'Amandine qui n'avait plus de toit. Elle avait eu peur de ceux qui, comme elle, vagabondaient dans les couloirs du métro la nuit. C'est rassurant d'avoir plusieurs écorces au-dessus de la tête quand on dort, et celle de l'extrados était encore un peu trop haute pour se sentir blotti, avec tous les bruits qui y résonnaient. Je la comprenais bien cette petite, la seule fois où j'avais dormi à la belle étoile je n'avais pas fermé l'œil ; cette étendue autour et au-dessus de moi, elle me faisait me sentir encore plus seul et à la merci des questionnements.

On s'est tout de suite bien entendus avec Amandine et les soirs d'après j'ai pris l'habitude de la laisser dormir dans les wagons parqués au terminus. La savoir là, ça me tranquillisait, avec sa lampe torche, à fumer des roulées, lovée dans les couvertures que je lui apportais. Bien sûr, hormis Henri, personne n'était au courant, mais les autres conducteurs auraient certainement fait la même chose. Je les voyais, quand il faisait vraiment froid et qu'ils étaient censés chasser les sdf, faire comme s'ils ne les voyaient pas pour qu'ils restent au chaud. Il y a bien sûr les foyers, mais ça peut être la jungle, pour les jeunes, les nouveaux et les femmes particulièrement. Il y a les viols, les vols et les filouteries en tout genre. Une femme qui ne sait pas où aller, les conducteurs préfèrent la laisser seule dans la station si ça peut lui éviter des noises. Faudrait pas croire qu'il y a une solidarité entre pauvres et sans-logis. C'est aussi la guerre et même peut-être encore plus vu qu'on est directement au cœur des choses. Pour vous donner une idée, les sdf se faisaient les poches les uns aux autres et pour les nouveaux débarqués ou les idéalistes ce pouvait être une découverte assez soudaine et bien embarrassante. Combien de fois ai-je vu un nouveau venu se faire entourlouper par ses confrères. Il se voyait offrir plus de vin qu'il ne pouvait en boire, ébaudi devant cette soudaine fraternité de rue. Que nenni, alors qu'il ronflait, les larrons, sachant que c'était le jour où il avait palpé son RSA en liquide (car ils n'avaient généralement pas de compte bancaire), le détroussaient et le laissaient sur place, seul, s'ils ne l'avaient pas rossé dès qu'il s'était éveillé. J'en connais même un qui avait un chien qu'il aimait plus que tout au monde vu que c'était la seule chose qui lui restait de son ancienne vie. Eh bah les autres ont été le revendre tandis qu'il pionçait. Après ça il est devenu le plus sale des plus sales puisque plus rien n'avait d'importance. Il s'est fait boxer par un clan de Bulgares qui supportaient pas qu'un homme se laisse aller à ce point.

Mais bon, pas de généralités, hein ! C'est partout pareil et les groupes ont chacun leurs codes moraux. En parlant d'éthique, il y avait, à cette période d'Amandine, la bande d'Hervé qui squattait principalement la station Raspail. Après l'avoir rencontrée, ils prirent soin de la petite, mais aussi de façon plus large des voyageuses quand un frotteur ou un pervers s'en prenait à elles. Hervé et sa bande s'opposaient à celle du Prof, située quelques mètres plus haut sur un banc à la sortie du métro. Le Prof se moquait d'Hervé en disant qu'il vivait dans les illusions de la caverne qu'était le métro et Hervé se moquait du Prof en disant que lui au moins était au chaud. Hervé et sa bande comptaient sans bouger sur leurs prochains pour les fournir en paradis artificiels et assouvir leurs désirs, tandis que le Professeur, misant sur la raison, haranguait les passants descendant les escaliers du métro et soignait sa mise en farfouillant dans les bennes à vêtements à proximité. De là venait ce trench beige qu'il arborait toujours et qui le faisait ressembler, selon lui, à une huile d'université. « Nous sommes des êtres fiers, des humains, des esprits », criait le Prof. « Nous sommes des corps attendant d'être repus et vaticinant dans ce tunnel qu'est la vie », disait Hervé. Chaque groupe avait ses théories philosophiques propres, le clan aérien et le souterrain, et chacun avait son argot et son phrasé. Snob, le Prof prétendait maîtriser un idiome pur et se transmettant de génération en génération, hermétique à souhait, quand Hervé s'essayait au nouvel argot des jeunes et mélangeait les niveaux de langue. Par exemple, pour exprimer ses doutes sur une théorie il disait « Ça paraît guedin », mais pouvait enchaîner dans l'instant avec un « diantre », un « bigre », un « sapristi » ou un « Gros, c'est frais cette vision du monde ».

Quoi qu'il en soit, les journées de la bande d'Hervé se passaient à discuter du sens de la vie en picolant et, l'été tout particulièrement, les usagers attendant à Raspail se voyaient transportés sur l'agora : chacun des membres du clan d'Hervé était assis, la barbe longue, transpirant, jonglant de l'ouzo au vin rouge en grignotant des chips saveur olive, le tout devant une affiche publicitaire représentant un paysage ensoleillé vantant les bas coûts de compagnies aériennes. Que ce passager était un esclave et çui-ci un maître. Que çui-là était un pisse-froid ou un sybarite. Que tel type était un coquet et un autre un crassepouille. Généralement, ils étaient installés en enfilade avec Hervé au centre et à l'extrémité il y avait Mathias-le-Cynique, qui rythmait la conversation en haussant les épaules, haussement qui s'accompagnait d'une lampée de villageoise, ce qui donnait la curieuse impression de ponctuer chaque phrase d'un hoquet. À l'autre extrémité de la brochette siégeait FX qui ne s'exprimait qu'en adages populaires, permettant aux rares curieux qui auraient pu être largués par la teneur du propos en cours d'en saisir brièvement le sens : « Qui sait de quoi demain sera fait… », « Qui vivra verra… », « Pierre qui roule… », « À chaque jour suffit sa peine »…

Hervé, FX et Mathias s'étaient liés d'amitié avec Amandine un jour où son sale type était venu la chercher, ivre mort, dans les « beaux quartiers ». Il la traitait de bourgeoise mais aussi de pute, ce qui n'est pas forcément antagoniste, et lui avait décoché une gifle qui l'avait fait valdinguer à terre. À ce moment même une discussion sérieuse était en train de se dérouler au sein de la petite bande (il s'agissait de savoir si le nom de famille du penseur Éros était Eromen ou Thanatos). Gêné par les cris du punk à chien et outré par les manières du polisson envers le sexe faible, Hervé qui ne connaissait pas encore Amandine s'était levé et sans s'interrompre il avait abattu son large poing sur la gueule de son bonhomme, en concluant que tout le monde savait que le nom de famille d'Eros était Ramazzotti et cela depuis que le monde était monde et que la lune avait nimbé de ses rayons la première pierre d'un cimetière. Satisfaits, ils avaient ensuite à tour de rôle uriné sur le type à terre, qui avait juré en prenant la poudre d'escampette qu'il se vengerait – ses semelles en gomme couinant sur le quai mouillé. Amandine les avait remerciés en défilant devant eux comme une Miss France sous leurs sifflets d'admiration. Après cet incident, elle avait pris l'habitude de venir boire l'apéro avec eux, partageant un peu de ce qu'elle avait gagné lors de sa quête dans l'achat d'une bouteille commune ; chacun lui racontait alors son histoire de manière feuilletonnée et FX concluait leurs soirées de ses sempiternels : « Ah ! La vie n'est pas toujours une partie de plaisir ! », avant qu'Amandine ne rentre dormir entre Picpus et Nation, ou à Charles-de-Gaulle-Étoile, dans mon wagon garé à une intersection de tunnel, tandis que ses trois anges gardiens la regardaient s'éloigner en se murmurant qu'elle était trop maigre, mais que c'était une bien chic gosse.

Le triumvirat, c'est la façon qu'avait Henri de parler d'Hervé, Mathias et FX, ce qui signifiait qu'à eux trois ils formaient un brelan tirant avantageusement profit de valeurs comme la Charité, l'Amour du prochain et la Miséricorde. Hervé avec son autorité naturelle et le fait qu'il était moins vert que les deux autres pouvait figurer le Père, Mathias le Fils car il était arrivé à Paris après lui et FX, avec ses phrases gorgées d'un langage populaire universel mettant tout le monde d'accord, avait quelque chose du Saint-Esprit. FX, Hervé et Mathias, nés l'un en Alsace, l'autre en Normandie et le dernier en Bretagne, s'étaient un beau jour tous trois retrouvés place du Tertre et ne s'étaient plus quittés. Ce qui les indignait pour beaucoup, c'était les téléphones. « On les regarde », disait Hervé, « et eux regardent un monde qui n'est pas le nôtre. Nous autres, on assume, quoi. On s'contente de c'qu'on a. » Pour mieux comprendre la synergie émergeant de leur groupe et influant sur les donneurs du métro, il importe d'avoir en tête les prémices de leurs destinées respectives telles qu'ils les donnèrent à Amandine quand ils se racontèrent à tour de rôle autour d'une bouteille.

Mathias, le hausseur d'épaules compulsif, n'avait pas toujours été cynique. Mathias était né à Brest et c'était un bambin que l'on pouvait déjà qualifier de « sceptique ». Quand les parents de Mathias, encore nourrisson, avaient essayé de lui faire dire « papa-maman », confronté à une énigme de genre puisque sa mère avait un léger duvet qui ornait sa lèvre supérieure et que son père arborait sur les siennes la marque rouge d'un baiser, Mathias s'était tu. Sa clairvoyance avait conduit les médecins à le croire un tantinet retardé et c'est certainement ce pourquoi il avait par la suite voulu faire médecine pour rectifier le tir et éviter à d'autres les classifications erronées. L'histoire des incompréhensions dont Mathias avait été la victime était inscrite dans l'album familial que ses parents feuilletaient peu. Sur les clichés, le diagnostic était clair pour le quidam : l'enfant avait été bercé trop près du mur. Premier cliché au hasard. *Mathias, un an*. Lorsque l'on avait tenté de le faire jouer au jeu des formes où le rond doit rentrer dans le trou rond en bois du plateau et le carré dans le carré, abasourdi devant le manque de risques de cette logique à respecter, Mathias avait avec ses dents essayé de limer le plateau à formes pour en élargir les espaces. Autres clichés à la volée ? Mathias assis dans le mauvais sens sur son cheval à bascule (alors que c'était pour voir les Indiens arriver de derrière et ne pas risquer la capture), Mathias ne mâchant pas sa purée qui s'étalait sur son menton et son ventre (car il la trouvait fade et non parce qu'il ignorait qu'il fallait manger pour survivre), Mathias refusant de jouer avec un autre bambin (car il était sale), Mathias semblant échouer au test du miroir – assis devant une glace et semblant ne pas s'y reconnaître (il récitait à son double devenu juge un plaidoyer sur le danger du plastique utilisé dans les tétines).

Son scepticisme s'était encore accentué quand il avait compris que le regard premier des gens sur vous n'évolue pas. Exemple flagrant : pour ses douze ans sa mère lui avait offert des cours de bridge pour qu'il se fasse des camarades et que sa plasticité cérébrale s'exerce. Il n'y avait plus rien à faire, il fallait fuir. Après cette enfance, malgré tout heureuse : le lycée. Là, pas mal de jeunes filles auraient été ravies de voir Mathias s'intéresser à elles, mais l'exemple de son meilleur ami qui avait, après être tombé amoureux, fait une dépression l'avait dissuadé de les approcher. Ledit ami, alors qu'il s'apprêtait réunissant tout son courage à proposer un chewing-gum à une belle, l'avait vue l'ignorer pour emboîter le pas à un joueur de waterpolo sous les esclaffements des autres filles devenues des dindons narquois. Tout cela était très vulgaire, d'autant plus que le type « plus âgé » ressemblait tout à fait à un joueur de waterpolo, blond, les dents blanches, arborant des épaules larges comme les plateaux de la balance de la justice. Justice qui s'était avérée viciée, puisque la jeune fille avait préféré l'iridescence immédiate d'un physique sans mystère à la croyance en la potentielle maturation d'un autre. Depuis ce jour, Mathias s'était toujours méfié de la gent féminine et le toboggan de son caractère sceptique avait accentué son inclinaison vers le cynisme. De toute façon Mathias n'était pas intéressé par les filles – d'autant plus qu'il ne comprenait pas pourquoi ces êtres devraient représenter le sel du monde simplement car pourvus de deux boules de chair fichées sur un torse originellement grêle – et il avait donc cartonné à ses examens. Pour s'éloigner de sa famille, Mathias-le-Solitaire avait par la suite entamé des études de médecine à Paris. À vingt-huit ans, on l'appelait Docteur et il avait commencé à côtoyer la peur humaine. Lui, au sommet de sa vitalité, voyait des vieillards et des adultes trembler en attendant son diagnostic. Or il n'avait jamais ressenti de véritable empathie pour ces gens qui quémandaient sa pitié comme s'il eût été le Seigneur. Il se contentait de traquer le symptôme, d'annoncer la maladie supputée, parfois de prescrire des examens supplémentaires, puis il tendait sa machine à carte bleue, ouvrait la porte et hop, au suivant. Il avait mis le doigt sur bien des maladies, de la plus anodine à la plus grave, angine blanche, allergie, pancréatite, zona, lupus, campylobacter. La première fois où il avait ressenti de l'empathie pour l'un de ses patients, c'était un jeune homme de vingt ans venu le consulter pour des vertiges, des maux de tête et une grande fatigue et qui pensait avoir attrapé, à force de flirts, la mononucléose. Après examens le doute n'était plus possible : leucémie. Quand il le lui avait annoncé, Mathias avait été très surpris de la réaction du jeune homme car celui-ci semblait n'en être nullement affecté. Il ne souriait pas non plus, bien sûr, mais confiant en la vie, confiant en la médecine et en son corps, qu'aurait-il pu lui arriver ? Au cours des rendez-vous, Mathias l'avait vu perdre ses cheveux. Tiens, c'est étonnant une tête aussi jeune sans cheveux, s'était-il dit. Il avait ensuite remarqué le changement de la texture de peau du jeune homme. Tiens, c'est étonnant l'aspect de cette peau, glabre et lait tourné comme une cuisse de poulet. Les couleurs perdues du jeune homme étaient finalement réapparues mais deux ans plus tard, alors qu'il était de nouveau face à Mathias feuilletant ses derniers examens, la maladie étant revenue. Le jeune homme était mort sept mois après leur entrevue et Mathias ne s'était plus jamais départi d'un sentiment proche du dégoût envers la médecine. Du jour au lendemain il était devenu plus cynique que Diogène de Sinope et, pour éviter de torturer inutilement ses patients à qui il débitait désormais des phrases comme « Votre cancer vous étonne ? Vous fumez pourtant. Vous croyez en une possible rémission ? Les métastases, vous connaissez ? », il avait espacé ses consultations et commencé à boire. Puisque la maladie s'attaquait à des corps sains, pourquoi se priver ? Il avait rencontré une femme, une infirmière, qui avait quelque temps adouci son quotidien de vieux garçon. Mais elle avait fini par fuir. Au cours des années Mathias avait vu des personnes âgées empoisonnées par leurs proches pour des questions d'héritage. Il avait vu des nouveau-nés à qui l'on avait donné des anxiolytiques pour qu'ils « fassent leurs nuits ». Il avait vu des dépressifs que les médicaments avaient fait gonfler et qui, encore plus mal, avaient tenté de se suicider. Il avait vu les urgences de jour comme de nuit, des femmes en crise de dépersonnalisation, des delirium tremens, des exhibitionnistes prétextant la maladie pour trouver un nouveau public. Il avait observé les rythmes infernaux où les patients demandent à un personnel débordé ce qu'il n'a justement pas le temps de lui accorder, la compassion. Fi. Mathias avait laissé son ancienne vie derrière lui et, de fil en aiguille, de rencontre en coup de tête, il était un jour arrivé place du Tertre. Là, il s'était assis à côté d'un homme qui était Hervé et qui lui venait de Normandie.

Deuxième membre du triumvirat, Hervé n'avait lui rien d'un cynique. Il avait également traversé des situations difficiles, mais continuait d'avoir foi en l'être humain. C'était un ancien de Drouot, ce fabuleux monde qui s'était étiolé mais dont les réminiscences frappaient encore, de temps à autre, les absides de sa mémoire.

Hervé avait entendu parler de Drouot pour la première fois alors qu'il avait onze ans. Un jour qu'un vide-greniers était organisé à Carrouges, il avait trouvé un petit vase qu'il avait acheté avec son argent de poche, un petit vase asiatique à poissons, mais, s'éloignant, il avait été arrêté par deux messieurs très élégants. « Jeune homme, c'est assez joli ce que vous avez acquis, pouvons-nous l'observer ? » Ils avaient sorti des loupiotes et avaient échangé des regards animés mais contenu leur enthousiasme en feignant un air détaché. « Cette babiole ressemble à une autre qui appartenait à ma mère. C'est très sentimental, accepteriez-vous que je vous la rachète ? » Pensant aider, Hervé s'était laissé embobiner et il était reparti avec un billet bien supérieur au prix d'achat initial du vase. Fier de son bon cœur et heureux de cette somme inespérée, il avait couru raconter cette anecdote à ses parents. Bien entendu, les deux messieurs élégants étaient deux antiquaires de Paris, qui faisaient leurs armes dans le domaine des chinoiseries. Ils cherchaient d'authentiques pièces de mobilier et de vaisselle asiatiques en se fadant les vide-greniers provinciaux. Tant d'entre eux recelaient des trésors dont les propriétaires n'avaient pas idée. Hervé s'était donc fait rouler en beauté et le vase en question aurait pu, s'il l'avait gardé et fait expertiser, lui permettre de vivre comme un rentier toute sa vie. Lésé, il n'en avait pas gardé rancune aux citadins. Au contraire, cette fortuite rencontre lui avait donné le goût du large. Il voulait *monter* à la capitale pour y travailler dans le domaine des œuvres d'art – choix qui avait laissé ses parents dubitatifs mais, après tout, le fiston avait bien le droit de vouloir tenter sa chance – et Hervé était, à sa majorité, parti au-devant de son destin.

La première chose qu'avait faite Hervé en arrivant à Paris, cela avait été d'essayer de retrouver ces filous d'antiquaires. Déambulant rue des Saints-Pères sur le conseil de passants, il avait miraculeusement réussi à mettre la main sur l'un des deux. Celui-ci se souvenait vaguement de lui et, conscient de l'avoir bigrement arnaqué, il l'avait pour un temps embauché comme homme à tout faire en le laissant dormir au second étage de la boutique. Hervé dépannait principalement quand le fisc débarquait. Il était prévenu par un discret coup de sonnette et cassait deux ou trois des bibelots exposés dans les vitrines pour que « déclaration » et « état de l'objet » coïncident au mieux. Cela lui faisait mal au cœur, mais ses scrupules étaient allégés par les propos de l'antiquaire qui lui expliquait que les objets de valeur n'étaient jamais exposés en vitrine car tout se négociait en amont. Les objets exposés à la vue de tous ne créant pas l'idée de rareté, comment un collectionneur aurait-il accepté de dépenser une grosse somme pour une console que d'autres avant lui n'avaient pas voulu acquérir ? Hervé servait aussi de manutentionnaire quand il s'agissait d'apporter des antiquités revendues sous cape chez les restaurateurs.

Ce qui le fascinait concernant l'art asiatique, c'est que les meubles les plus recherchés, ceux du Palais d'été par exemple, étaient comme l'idée qu'il se faisait du Graal ou de l'homme de bien. Ils semblaient modestes et humbles, absorbant la lumière du monde extérieur et irradiant avec simplicité de l'intérieur de leur matière, avec leur bois sombre et à première vue sans grand intérêt. Les Chinois, dont les œuvres d'art et les meubles avaient été pillés, étaient élevés dans l'idée qu'il fallait racheter ce qu'on leur avait dérobé et, ce processus s'accélérant, les antiquaires spécialisés dans le domaine avaient intérêt à faire bien vite de bonnes affaires. Les acheteurs reprenaient ce que par exotisme on leur avait ôté, quitte à dépenser des fortunes, des meubles n'ayant sens que dans l'environnement auquel on les avait premièrement arrachés. Que faisait cette table basse aux hérons et dorures dans un appartement haussmannien ? Rien, cela n'avait pas de sens et le déracinement européen qui pensait que l'on peut partir de zéro selon son bon vouloir, détacher l'objet de sa scénographie, de son sens et de sa culture, voilà ce que les acheteurs ramenant patiemment leur patrimoine chez eux ne comprenaient pas.

La retraite se profilant pour le galeriste d'Hervé qui s'en était mis plein les poches, il lui avait conseillé d'aller demander un emploi aux cols rouges de Drouot en se réclamant de lui. Bien sûr ceux-là ne l'avaient pas coopté car il ne venait pas de leur village de Savoie, mais ils l'avaient mis à la conduite des camions et sur certains déménagements. C'est là, le gorgeon étant l'hostie partagée par tous les officiants du quartier, qu'Hervé avait commencé à boire. Cela commençait le matin (pour se donner du courage), se poursuivait lors du déjeuner (pour récupérer) et finissait tard dans la soirée (pour se féliciter de tous ces efforts). Lors du beaujolais nouveau, l'alcool coulait en corne d'abondance dans les rues, en fonction du niveau de fortune et de la profession exercée, commissaires-priseurs, antiquaires, commissionnaires, cols rouges, tous ne se rendaient pas dans les mêmes guinguettes et restaurants, mais tous faisaient fête. De toute façon, à Drouot, il y avait toujours quelque chose à fêter. Une vente, une acquisition, une exposition… Hervé se retrouvait au milieu des Savoyards qui l'acceptaient désormais. Il trinquait, pariait et jouait au 421. Il était baptisé Parigot.

C'était dans ce contexte, dans ce quartier merveilleux et magique réunissant sur quelques rues tous les niveaux sociaux, qu'il avait rencontré son œuvre d'art : celle qui allait devenir sa femme. Quarante-deux ans, très belle, il l'avait plusieurs fois vue arpenter le microcosme de Drouot de ses jambes graciles au pas assuré. Un jour qu'il fumait, Nicole lui avait rendu son regard, elle avait souri et était venue discuter avec lui. Lui ne croyait pas à sa chance, Nicole l'avait trouvé beau. Elle voulait un enfant avant que ce ne soit trop tard et elle s'était trouvée très citoyenne et ouverte d'esprit de l'avoir avec un simple manutentionnaire, ce qui prouvait que l'ascenseur social pouvait fonctionner dans le quartier. Il faut aussi dire que tous ceux de son milieu la connaissaient de réputation et qu'aucun d'eux n'aurait pris le risque de faire avec elle catleya. L'idylle de « la belle et le clochard » avait commencé avec un plat de pâtes à la poutargue dégusté dans un restaurant rue de la Grange-Batelière et s'était terminée trois mois plus tard pour Hervé, seul chez lui devant des pâtes bolognaise. Elle était enceinte, le petit garçon était en bonne santé. Comprendre : il l'ennuyait déjà.

Hervé avait longtemps rendu visite à son fils. Mais en grandissant la différence de milieu s'était de plus en plus fait sentir et quand celui-ci était parti étudier en Angleterre leurs liens étaient définitivement délités. C'est à ce moment-là, les catastrophes se tenant la main dans tous les domaines de la vie d'un homme, que les cols rouges de Drouot furent tous subitement renvoyés.

À leur place des Schtroumpfs interchangeables furent embauchés (ceux d'une entreprise les habillant de tenues bleues), imperméables à l'esprit du quartier et à la ripaille des cafés. La joie déserta peu à peu Drouot, ce n'était plus un travail mais un emploi qui était effectué. Les antiquaires et les salles des ventes allèrent faire leur vie plus loin dans Paris, les brasseries-tabacs et les cafés tenus par les bougnats furent repris par des Asiatiques et Hervé ne trouvant plus de travail, marcha, marcha jusqu'à la place du Tertre, endroit qui paraît-il avait encore un semblant d'âme. Les peintres de la place lui rappelaient ses glorieuses années et quand l'humeur était au beau fixe il leur parlait perspective et narrait l'anecdote de la fois où il s'était retrouvé dans le métro avec un Corot qu'il emmenait chez un expert, ce dont personne d'autre que lui ne pouvait se douter puisque seul un fou aurait pu transporter cet original dans les transports, le risque étant trop grand.

Puis Hervé avait rencontré Mathias, l'apostat médecin, et ils avaient attendu l'arrivée du dernier membre de leur triade philosophique : FX et ses adages en bandoulière. FX qui ne proférait pas des marronniers de phrases pour rien puisque cela avait justement été son métier de trouver « la bonne formule ».

FX était un ancien de l'âge d'or de la publicité, reconnu et admiré par tous dans sa profession. On l'appelait « la langue verte », en référence au dollar et à ses slogans qui faisaient mouche à chaque fois. FX était capable de vendre n'importe quoi à n'importe qui. De faire croire n'importe quoi à n'importe qui. Les problèmes existentiels déniés des consommateurs étaient compensés par l'achat des produits qu'il servait, et la boîte pour laquelle il travaillait brassait du billet de manière scandaleuse. FX parlait aux désirs des autres et accomplissait les siens, il avait grâce à eux acquis un magnifique appartement de plusieurs étages situé place des Vosges. Place choisie exprès car celle-ci lui rappelait le pays qui l'avait fait : son Alsace première. C'est en ces terres, près de la Forêt-Noire, qu'il avait fait ses premières armes en remportant haut la main un concours de slogans vantant les délices du gewurztraminer. C'est là-bas également qu'il avait découvert son goût pour les belles femmes lorsque Miss Colmar était venue lui remettre son prix, le bretzel d'or, coiffée de la Ditschkapp traditionnelle et moulée dans une combinaison verte. Alea jacta est ! Sa voie serait la publicité et il en tirerait la gloire lui permettant de lutiner les plus belles pépées, il avait salué les cigognes, le rouge brique et les colombages de Soultzmatt son village et il était parti.

À Paris, FX avait désormais tout ce qu'un homme peut rêver de posséder sauf – pour certains – des enfants, car il n'en voulait pas. Il avait une femme charmante, intelligente et bien faite, qu'il trompait allègrement grâce à son bagout, une maîtresse qu'il avait joliment installée pas loin de ses bureaux, une voiture avec chauffeur et il dînait dans les restaurants les plus huppés de Paris. Un cliché vivant du gars ayant réussi ? Oui. Mais un matin FX s'était réveillé et quelque chose clochait. Un sentiment que quelque chose n'allait pas, que quelque chose lui manquait. Il avait dressé une liste : un cabriolet ? J'ai. Une jolie maîtresse ? J'ai. Une résidence secondaire ? C'est fait. La piscine ? Depuis belle lurette. FX semblait souffrir du même manque que les consommateurs pris dans les filets de ses slogans vendeurs. Il n'était plus un riche heureux. Ne pouvant s'épancher sur ses doutes dans son milieu, FX en parlait aux personnes les moins susceptibles d'appartenir à son cercle. Il en parlait au jardinier de sa maison de campagne qui était outré d'avoir ce riche Droopy, le tarabustant avec son verbiage insupportable, sur les talons. Il en parlait à Maria, sa cuisinière, qui lui aurait bien mis un coup de poêle sur la tête car il lui faisait rater ses cuissons en encombrant sa cuisine. Il en parlait à la concierge de l'immeuble, qui faisait semblant chaque jour de comprendre un peu moins le français pour couper court. C'est un jour étant allé à Notre-Dame demander au Seigneur de l'aider (et lui ayant donné pour mieux l'en décider un énorme billet lors de la quête – ce qui avait fait rendre un hoquet sonore à l'enfant de chœur, tiré via le lobe jusqu'au confessionnal car soupçonné d'avoir bu du vin de messe en catimini), que FX décida de parler de ses angoisses existentielles de *riche qui doute* avec un vagabond qui faisait la manche sur le parvis. Miracle, il était tombé sur un tympan attentif. C'était un ancien prof de latin qui avait tout abandonné pour scander des hexamètres dactyliques. « C'est la pérennité qui te manque. C'est ça qui te tarabuste. Tes slogans même si bons vont être balayés par le temps, les modes. » Il avait dédié sa vie à des baudruches. Des baudruches faites de mots vides qui s'envoleraient et que personne ne garderait en mémoire. Mais il pouvait se racheter et faire quelque chose d'utile. Il pouvait dévêtir les mots des oripeaux performatifs dont il les avait parés. Il pouvait les libérer. Il fallait les aider à réfléchir, mais simplement. Seul comptait ce qui restait, ce qui marquait intemporellement les esprits. Au cours d'un petit déjeuner où il avait pris plus d'amphétamines que d'habitude, la révélation lui avait presque fracassé la tête. Il lui fallait rendre ce qu'il avait usurpé, tout ce qu'il avait amoralement acquis. Après avoir embrassé sa femme il s'en était allé jusqu'au métro Belleville et s'était assis par terre. C'était aussi simple que cela. Il composait des phrases pour les passants qui le remerciaient en lui donnant juste de quoi vivre. Il était devenu ce que l'on nomme un disparu volontaire, comme il y en a dans chaque pays. Deux années plus tard, sa femme sortant de la mairie en robe de mariée avait distingué un pauvre hère aux yeux rieurs qui observait la noce à distance. Il lui avait rappelé quelqu'un.

FX avait plusieurs fois changé d'endroit de la rive

droite, jusqu'à ce beau matin où il était arrivé à Montmartre et il n'avait plus quitté la place du Tertre.

C'est au bout de quatre mois de cette vie qu'elle menait dans le métro, de manche en apéro-veillée, que j'ai proposé à Amandine de venir dîner chez moi. J'avais pour idée de la présenter à Madeleine qui pourrait, peut-être, l'introduire dans sa boîte d'intérim. Madeleine était partante, mais pour cela encore fallait-il que ma protégée soit fiable, elle n'allait pas non plus se mouiller pour une drôlesse inconnue au bataillon. Or, *milagro*, ce premier dîner s'est admirablement déroulé. C'était la première fois qu'elles se rencontraient, mais chacune a mis ses tripes sur la table – fi des ronds de jambe. Amandine qui était sous méthadone a parlé de sa peur de retomber dans l'héroïne et Madeleine de celle de l'AVC nocturne. Les sujets se multipliaient et les accointances fleurissaient. Elles ont discuté des symptômes qui disparaissent comme par hasard au moment même où l'on se retrouve devant le médecin, des témoins de Jéhovah qui mettent la planète en danger car ils ne se font pas vacciner, et Madeleine lui a montré la valisette qu'elle prenait toujours avec elle quand elle avait rendez-vous chez le médecin « au cas où on doive l'emmener d'urgence à l'hôpital ». Amandine lui a montré un tatouage représentant un pirate caché à l'intérieur de son bras, tandis que Madeleine lui disait qu'elle avait bien fait de l'avoir fait sans couleurs et qu'elle avait échappé au pire puisque cela pouvait s'avérer cancérigène. Elles ont parlé de leurs fractures de ligaments liées au port de talons nocturnes et taillé un costard aux radiologues qui, selon elles, à force de côtoyer des machines n'ont plus de cœur et d'empathie et qui vous assènent abruptement de terribles vérités. Elles ont parlé des retards de règles qui peuvent vous faire croire à une ménopause précoce. Mise en confiance, Madeleine a narré une anecdote entendue la veille dans son nouveau cabinet médical préféré, où un monsieur qui s'appelait M. Duc avait refusé d'attendre son tour dans la salle d'attente du commun des mortels, M. Duc qui avait une maladie orpheline grave, étant donné que les nobles ne peuvent jamais s'en tenir aux maladies habituelles du bas peuple. Après lui, dans le tourniquet de la queue, M. Terrier avait demandé à avoir rendez-vous pour une coloscopie et Mme Chaumont une mammographie. Puis Madeleine était allée faire une prise de sang : « Cette stupide infirmière, elle me parlait comme à une débile ! Elle me cherchait une veine et je te promets, elle m'a dit : "Je vous ai piqué une petite veine, une toute toute petite veine. Vous pouvez être fière d'elle, cette petite a donné beaucoup de sang la mignonne hein, vous pouvez être fière d'elle !" Je l'aurais assommée, j'avais déjà l'impression d'être en maison de retraite avec une aide-soigante qui me donnait ma purée. »

Bienheureux, moi qui n'avais pas à faire la conversation et qui dégustais une pizza flattant mon palais, entouré de deux femmes, je les ai entendues tel un eunuque toléré dans une réunion féminine égrener le chapelet thématique des liftings ratés, des liposuccions onéreuses et des rides sournoises et toujours prêtes à bondir sur une frimousse prise au dépourvu. Elles ont discuté du danger des nouvelles générations qui ont les pieds plats à force de porter des baskets, se demandant si c'était un moyen de leur part de filouter pour être réformées en cas de guerre éclair, et si leurs enfants naîtraient automatiquement avec cet atavisme.

Café : après les adolescents à pieds plats et les injections de toxine botulique, place aux paysages de la fin de vie. Madeleine a parlé de son immersion dans des intérims appartenant à des milieux différents de manière à mieux « cerner les zones d'ombre de la société » (Ehpad, services à la personne et pompes funèbres) et elles se sont mises d'accord sur l'objet premier de ce souper. Pas de patron, pas de routine, l'intérim était la panacée pour celles qui, comme elles, abhorraient l'idée d'une absurde ascension sociale, ce boulet moral. Madeleine allait recommander Amandine qui pourrait cesser de faire la manche et se laisser repousser la moitié de sa tête rasée, tout allait pour le mieux dans le meilleur des mondes, quand, moi qui me sentais pris dans les rubans d'une douce torpeur, j'ai été sorti de cet état transitoire de bien-être par un silence étrange. Les deux êtres assis face à moi me fixaient avec un sourire qui ne me disait rien qui vaille. Les deux barriques de vin de l'autre côté de la table étaient des femmes rendues à leur statut de petites filles s'ennuyant, ayant soudainement repéré en ma personne un être susceptible de faire fleurir leur créativité. J'étais « le nouveau jouet ». L'atelier d'arts plastiques allait commencer. Gommettes et mascara, chavirant sur leur siège elles se sont saisies de leur trousse à maquillage pour me grimer en l'une des leurs, tandis que prenant stratégiquement la fuite, je leur proposais des digestifs. « Vouivouivoui ! Des digeos ! » criaient-elles désormais à terre, ce qui leur permettait d'éviter de tanguer. Enlacées et multipliant les serments d'amitié, les deux siamoises voyaient éclore un amour de leur prochain dépassant les frontières. Se pensant sinophile, Madeleine est allée chercher des baguettes à sushis et des assiettes pour les faire tourner dessus. Puis il fallut que je les enroule de papier toilette « comme des momies » et elles ont entamé une course à pieds joints ceintes de lotus, tandis que je devais leur faire boire l'armagnac à la paille. Sur la fin, fardées et ressemblant à des pantomimes défraîchies, elles étaient persuadées d'être aussi envoûtantes que des courtisanes de Versailles.

Le lendemain matin, toutes deux dormaient entièrement vêtues sur le tapis au milieu d'un champ de bouts de pécu faisant l'effet de deux lutins morts au centre d'une boule à neige au repos.

Récit des habitants du monde d'en bas

Pour fêter la retraite d'Henri nous avons entièrement redécoré un wagon à l'arrêt dans les tunnels. Nous y avons glissé de petites tables rondes et fait courir des lumignons autour. Tout était éclairé à la bougie et Soren et Melchior ont improvisé un bar à cocktails avec une planche installée sur des tréteaux recouverte d'une nappe blanche. De petits cartons d'invitation indiquaient la place de chacun des convives autour des tables, d'une calligraphie mal assurée et un peu tremblotante car c'était la bande d'Hervé qui s'en était chargée. Bien sûr Yvette était des nôtres et nous avions fait exprès de ne pas inviter René-Charles, qui aurait vidé d'une traite toutes les bouteilles et fait exploser nos tympans.

Quand nous avons clamé le protocolaire « Surprise ! », ce poète d'Henri était tout tourneboulé de voir le mal qu'on s'était donné pour lui. En bon taiseux, il s'est raclé la gorge et éclairci la voix pour ne pas perdre contenance : « Vous avez fait un bien chic boulot pour moi. Ce wagon ressemble enfin à ce qu'il aurait toujours dû être, un wagon à la Fitzgerald. » Comme pour appuyer son propos, Madeleine et Amandine ont surgi avec deux bouteilles de champagne, moulées dans des robes Charleston années trente. C'était tout ce qu'elles avaient pu trouver dans la boutique de location de costumes la plus proche, mais cela ne faisait pas trop déguisement bas de gamme puisque, fumant des roulées, elles évitaient le ridicule et usuel porte-cigarette de circonstance et qu'elles avaient refusé de porter le bandeau à plume fourni avec la panoplie. La bande d'Hervé ressemblait aux touches d'un piano dissonant, vêtue de vieilles vestes de costume noires aux bras trop courts laissant dépasser les manches blanches de chemises trop longues. Ils ont applaudi à tout rompre l'ouverture du champagne et Yvette qui avait mis un renard sur ses épaules s'est approchée d'Henri pour le prendre dans ses bras. Tandis qu'il l'enserrait les larmes lui coulaient sur les joues. Soren et Melchior jouaient les serveurs, comme dans le temps, chacun à leur manière, l'un tenant la bouteille par le cul et l'autre par le col. « Un discours Henri ! » a demandé Madeleine qui se marrait bien d'avoir sorti cette phrase si *corporate.* Henri lui a lancé un regard amusé et faussement ennuyé, et comme tout le monde le tannait et qu'il en avait envie dans le fond, il s'est avancé au milieu du groupe : « Chers tous, j'ai bien roulé ma bosse et je ne suis pas de ceux que la retraite désoriente. D'ailleurs je devrais pousser un peu plus et continuer à travailler si je voulais que celle-ci soit plus conséquente. Mais il faut savoir partir à temps, sur une bonne note. J'ai fait mon temps, j'ai été heureux de travailler parmi vous et je sens que les choses changent. Non, rassurez-vous, je ne vais pas vous faire le coup du vieux bougon pour qui tout était mieux avant, mais, oui, je ne suis plus dans le coup. Avec mes soucis de dos et mes lombaires qui se tassent on finirait par me mettre devant un ordinateur ; pitié que cette carcasse qui se détraque. J'aurais pitié de moi et vous aussi. Puis c'est autre chose aussi. Je ne veux pas me dégoûter de ce que j'ai aimé. Oui la fin des wagons individuels de certaines lignes cousines m'attriste, oui l'automatisation galopante m'inquiète, oui les nouvelles lumières utilisées me braquent et, oui, je ne comprends plus la non-courtoisie et les manières de beaucoup de ceux que je transporte. Les gens n'ont plus le temps, on les presse comme des citrons, alors…

« Comme certains d'entre vous le savent, ma femme a hérité d'une maison au Pays basque. C'est là que je vais me retirer. L'intégration sera au départ un peu compliquée (spécialités attrape-continentaux, regards noirs), mais l'idée d'assister depuis notre jardin au lever du soleil, ça n'a pas de prix et je salive à cette idée depuis déjà de longues années. Qui plus est, je vais enfin pouvoir me débarrasser de la veste de travail confectionnée par Caroline, vieille copine défraîchie que vous avez par la force des choses appris à connaître. Ce qui m'inquiète, donc, ce n'est plus moi. Ce n'est pas non plus l'avenir de ma petite Marta. Ma petite Marta se remettra de mon départ d'autant plus, je vous l'annonce, qu'elle va se marier. » Nous avons tous applaudi en chœur et sifflé entre nos doigts à cette nouvelle.

« Figurez-vous que son fiancé fabrique des prothèses. Il l'a rencontrée alors qu'il lui faisait essayer un nouvel avant-bras qu'il avait lui-même confectionné. Une merveille, je vous jure ! Si réaliste qu'il donne envie de se ronger les ongles ! L'amour, au final, c'est juste trouver quelqu'un qui nous accepte sans vouloir nous changer. Qui nous envisage complètement et qui nous aime dans notre globalité. C'est ce qu'a apparemment trouvé ma petite Marta. »

Le wagon était soudainement devenu très lumineux et Henri regardait par l'une de ses portes. « Toi aussi tu me manqueras, mais tu leur montreras le chemin », a-t-il dit, et je me suis douté qu'il parlait à sa Belle Dame. « Tu as été une étoile du berger et une respiration. Mais il faut bien que je vive tu comprends, je ne peux pas rester ici pour mes vieux jours. Je dois vieillir aux côtés de ma femme, à la surface, sur ces terres basques nourries des éléments vifs et des luminosités franches qui décomposent. Le vent, le soleil, la pluie vont emporter cette fausse conservation des tunnels qui nous préserve comme des fossiles en ses entrailles. Mais j'emporte ton image et celle de mon père de famille suicidé, ici, en moi. » Puis Henri s'est tourné vers nous de nouveau. « Ce qui m'inquiète ce sont les dangers que vous allez affronter. Ici dans le métro et à l'extérieur. Je vois des temps tristes... La pauvreté s'accroît et ils vont vouloir la cacher, puis la chasser. Les vieux, les pauvres, ceux qui ne voudront pas rentrer dans la voie qu'ils disent être la bonne, je ne sais pas comment ils vont faire. Il va falloir accueillir de plus en plus de monde sous terre, ils chasseront ce qu'ils ne veulent pas voir. Puis c'est autre chose aussi. La vision du monde qui est la vôtre, le doute, le refus du temps chronophage qui réduit en esclavage et qui fouette ses sbires pour les faire avancer, c'est tout cela qui va à l'encontre de leur désir de productivité et de normativité. Les vertus cardinales sont dangereuses car elles répondent à des lois qui ne sont pas celles édictées par ceux qui nous encadrent. Elles sont inutiles, gratuites. Peut-être êtes-vous les derniers survivants d'une époque où l'on pouvait vivre en concordance avec des principes divergents. Vous êtes chanceux contrairement à ce que pense la majorité des hommes. Vous êtes dépositaires d'une mémoire, dépositaires de choix de vie, d'anecdotes. Chaque beau moment, chaque rencontre, tout cela doit être inscrit. Il faut prouver que cela existe et a existé. »

Henri a écarté l'un des pans de la veste confectionnée par Caroline qu'il portait sur son avant-bras et en a sorti un carnet à couverture de cuir noir. « Je les ai tout le temps sur moi. C'est votre héritage, les récits de tous ceux qui vous ont précédés sous terre. J'ai commencé à les consigner quand j'étais à l'hôpital, juste après l'accident, à cette période où l'on ne se connaissait pas tous encore. Il faudra continuer de les écrire, de les transcrire comme si c'était des fables, l'histoire d'un peuple ignoré mais qui vit et se bat. Les épreuves de son quotidien, ses messagers, ses oracles et ses pitres. » Henri a posé son regard sur moi. « Je compte sur toi pour t'en charger désormais. Tu dois raconter ce que tu as vu, les êtres que tu as côtoyés, tu dois les raconter comme les conducteurs d'avant l'ont fait, pour que rien ne se perde. C'est ce qui les fait exister. N'oublie pas les couleurs dont je t'ai si souvent parlé pour que les histoires soient habitées par les émotions. » J'ai pris le carnet qui était épais et couvert de son écriture bourrue mais aussi presque enfantine. Ça commençait à chaque histoire par une belle majuscule comme dans les livres de contes. « La Belle Dame », « Station Corvisart », « L'homme au costume », « L'enfance d'Yvette »… Sur la couverture, Henri avait collé une étiquette de papier blanc et écrit à l'encre bleue en s'appliquant : *Récit des habitants du monde d'en bas*. Henri a fait le geste de toucher son cœur à l'emplacement où il avait l'habitude de mettre le carnet qui n'y était plus et il a respiré franchement, longuement, comme libéré soudain d'un poids. Il a saisi la main d'Amandine. « Une passion plus surprenante que le jardinage et que vous ne me connaissez peut-être pas, c'est la mazurka ! » Cela dit, il a fait tournoyer Amandine qui s'est retrouvée penchée en arrière, en équilibre sur son avant-bras, et la danse s'est poursuivie, plus traditionnelle mais sacrément moderne avec cette cavalière en robe pailletée et à la tête à demi rasée. Il dansait bien Henri. Après un morceau de violon empreint de sonorités tsiganes lors duquel nous avons brisé nos verres par terre, Yvette a été portée en triomphe et j'ai entraîné Madeleine dans un rock aussi noueux que celui de nos débuts au Luxembourg. Le temps n'avait pas amélioré quoi que ce soit, Madeleine était toujours aussi raide et j'ai ralenti ma cadence pour l'aider à entrer dans le rythme. Amandine se déhanchait bras dessus bras dessous avec Hervé, tandis que Mathias-le-Cynique accordait ses hoquets aux sportifs lancers de jambe de son kazatchok. Soren et Melchior se sont rappelé un pari qui avait eu lieu entre Kessel et Bogart et ils s'enquillaient des calvas pour voir lequel des deux tiendrait le plus longtemps debout. Nous avons dansé, dansé à n'en plus pouvoir, et sifflé, sifflé à en réveiller les morts. Fakirs, nous avons écrasé le verre répandu au sol. Les breuvages ont giclé, les maquillages coulé et les déodorants ont montré toutes leurs capacités avant d'abdiquer. Ce fut une sacrée nouba. Yvette est partie la première, raccompagnée par Henri, ils slalomaient tous les deux sur les rails en un pas de danse final et nous, on a terminé les fonds de bouteilles en écoutant des histoires que je notais tant bien que mal dans le carnet d'Henri, maintenant un œil fermé puisque je voyais double. C'est Hervé qui racontait un de ses fabliaux de clochard :

« Dans ma famille, nous sommes de la cloche de père en fils. Je fais partie d'une lignée qui remonte à la nuit des temps et mes ancêtres faisaient la manche aussi bien à côté de l'arbre d'Adam et Ève qu'aux abords des batailles de la guerre de Sécession, au siège de Léningrad ou encore devant les pyramides d'Égypte. Quand le maharajah faisait construire le Taj Mahal pour sa fiancée défunte, l'un de mes ancêtres était là à faire la manche, et quand le Bouddha était sous son arbre et Jésus sur sa croix, d'autres ancêtres étaient en tailleur à attendre que des pièces tombent dans leur sébile. Dans notre famille il y avait l'oncle Herbert, Herbert qui est mort il y a peu de temps d'ailleurs. L'oncle Herbert était vu comme un ermite et il vivait à New York sur la Cinquième Avenue. Il avait pour particularité de ne jamais prêter attention à ce qui se déroulait devant lui. Si un passant s'arrêtait pour lui donner un billet de cent dollars, l'oncle Herbert prenait un air gêné comme si on lui gâchait son panorama et il tentait de regarder derrière la tête du bienfaiteur, stressé comme quelqu'un à qui l'on va faire rater quelque chose. Si un hold-up se déroulait dans une banque jouxtant son matelas, Herbert se contentait de remuer les mains pour faire s'évanouir la fumée des coups de feu tirés et il continuait de fixer le ciel en un endroit très précis. Quand il pleuvait, son journal sur la tête il laissait ses yeux rivés au ciel malgré les gouttes de pluie le faisant ciller, et quand des limousines renfermant des pontes du rap laissaient sortir par leur toit décapotable des stripteaseuses aguichantes, il n'en avait cure et fronçait du nez gêné par la musique s'en échappant à tue-tête, évitait d'un mouvement agile de nuque un jet de champagne et ignorait le string lancé lui tombant sur le crâne. L'oncle Herbert faisait partie de l'ambiance de la Cinquième Avenue. Tout le monde était habitué à sa présence. Un jour, un passant qui lui tendait un billet, intrigué, avait tenté de voir, lui aussi, ce que l'oncle Herbert regardait. C'est à ce moment précis, dans l'axe de sa pupille, qu'un avion détourné est allé se ficher dans la première tour du Wall Trade Center. L'oncle Herbert que tout le monde prenait pour un sage s'est levé en maugréant : “Et de une.” Il a plié son sommier en carton qu'il a glissé sous un bras, s'est étiré en bâillant tandis qu'un avion fonçait dans la deuxième tour et il a dit : “Et de deux ! Ça en aura mis du temps… Je m'en vais me trouver un autre coin”, et il est parti à Mumbai s'installer sur le trottoir en face du Taj Mahal Palace qui des années plus tard a lui aussi été la scène d'attentats sanglants. » Il paraît que le FBI a fini par le recruter. Ils l'utilisent comme bâton de sourcier antiterroriste.

L'histoire terminée, Hervé, FX et Mathias se sont levés pour piquer un roupillon avant que les voyageurs du premier métro n'arrivent et j'ai rangé le carnet d'Henri dans la poche de ma chemise, faisant ainsi un peu s'étaler l'encre bleue qui les racontait.

C'était précieux ce carnet, vital et juste. On n'est jamais pauvre et jamais vraiment soumis quand on a des histoires à transmettre aux générations nouvelles. Eux aussi, sous terre, avaient leurs veillées, avaient leurs récits, leurs faits d'armes constitués par cet écheveau de destinées des habitants du sous-sol. Ces tissages oraux, d'un point de croix l'autre, formaient une seule et même tapisserie. Le livre de leurs guides, de leurs héros, de leurs pères, s'appelait *Récit des habitants du monde d'en bas* – récit chtonien monstrueux, difforme, étrange, noble et beau. Sa narration était dissonante, son corps, secoué de crampes à force de grandir, grossissait dans l'ombre, là où il pouvait vivre à son aise et dans sa différence, ignoré par ceux du dessus cheminant sous la lumière naturelle qui norme, classifie et chasse le mystère. Parqué comme les titans l'étaient pour ne pas troubler l'ordre établi, leur récit était cependant roi en son domaine et cette chimère faisait de ses courses vrombir le dédale des couloirs, gémir les rails de ses griffes aiguisées par les épreuves et battre les pages de ce carnet légué par Henri. Enfant difforme et facétieux marqué du sceau de la disgrâce, son récit était pur même dans le vice.

Serge

Dès le lendemain René-Charles a eu vent de notre boum et, vexé comme un pou de ne pas avoir été invité, il a décidé de ne plus nous adresser la parole. Le truc c'est qu'on ne voyait plus que lui. Il arborait une tête de cocker malheureux dès qu'il nous apercevait, traînait des souliers pour entrer dans les wagons, ne chantait plus que des airs mélancoliques. Il déprimait les voyageurs, les faisait se souvenir de la mort de leurs proches, de leurs séparations. Un vent glacé traversait les stations, faisant tournoyer d'imaginaires virevoltants constitués d'échecs et de solitude. Cow-boy, j'ai tenu un mois. Puis un soir où je terminais tôt je lui ai proposé de boire un coup pour enterrer la hache de guerre et j'ai sorti de mon sac la seule chose capable de lui faire rendre les armes : un pack de Guinness. Ce qui était assez incroyable, c'est que depuis notre sauterie pour le départ d'Henri, blessé d'être le vilain petit canard que nous tenions à l'écart, il avait pour « se venger » décidé de ne plus boire tandis qu'il continuait de se pointer et de faire pendre ses grandes jambes maigres vêtues de son pantalon en similicuir dans le vide, assis sur les bancs en hauteur des stations que nous arpentions. Grande araignée à bedaine, il faisait vraiment peine à voir, d'autant que ses mains (non habituées à ne pas tenir une bouteille de bière ou une mignonnette) pendaient elles aussi parallèlement à ses pieds.

À la vue des Guinness j'ai vu sa résolution faire ses bagages. L'étincelle de vie ornait de nouveau sa pupille et j'ai lentement ouvert une canette avant d'en absorber la première gorgée et dit, béatement : « Dieu que c'est bon. » Bon sang ne saurait mentir, comme dirait FX, et Erwan a eu le dessus sur René-Charles dans la lutte interne orgueil-picole qui se jouait. « Bon. Je vais pas te laisser trinquer seul, c'est pas des choses qui s'font, m'a-t-il dit. Mais évoque encore Dieu et ça va barder. Les deux autres saltimbanques désargentés s'en chargent déjà suffisamment. »

Puis il s'est tu, plongé dans de nébuleuses pensées, et j'ai dû attendre l'ouverture de la deuxième canette pour qu'il me les expose : « Tu sais, je vais arrêter de chanter du Céline. » De surprise j'en ai avalé de travers, ce qui m'a fait monter les larmes aux yeux. « Je vois bien que cela te fait de la peine, vieux frère, mais toutes les bonnes choses ont une fin et je pense que le Canada c'est une terre dont on entend désormais trop parler. La mondialisation galope à grande vitesse dans tous les pays du monde et je serais plus à ma place à renouer avec les chants de mes ancêtres et un répertoire du terroir. » J'ai saisi l'aubaine au vol ; « Oulàlà, mais c'est que cela va te prendre du temps de t'adapter René-Charles, c'est bien plus compliqué qu'il n'y paraît la chanson française. Les gens sont tatillons quant à leurs classiques, Brassens, Brel, Barbara… – Non, tu peux m'appeler Erwan à partir d'aujourd'hui, m'a-t-il coupé, je ne suis plus dans un déni par rapport à ce que je suis. J'ai fait la paix avec moi-même. »

Ce qui s'était passé, c'est que durant sa trêve éthylique, René-Charles avait beaucoup discuté avec les jeunes donzelles faisant la queue pour accéder à la douche commune des chambres de bonne. Comme il nous faisait la tronche, il n'avait plus grand monde avec qui blablater et il leur avait raconté que ceux qu'il croyait être ses *amis* étaient des félons qui organisaient des bamboches au champagne dans son dos, qu'il était un mal-aimé et qu'on ne pourrait jamais se fier à personne. René-Charles à jeun avait délaissé ses envies de coucheries et il envisageait ces jeunes filles non plus comme des femmes, mais comme des êtres capables de l'orienter et de lui faire économiser une séance chez le psy ou un bilan de compétences. « Je ne sais plus où j'en suis, qui suis-je ? » larmoyait-il devant les étudiantes en philosophie qui se limant les ongles admettaient que la vie n'était pas simple et son sens bien mystérieux. Dans la queue, il y avait une jeune femme maigre et à lunettes (pourtant le genre de profil qu'il aurait initialement abhorré) et qui débutait psycho. Elle lui avait conseillé de *cibler* ce qui pouvait nous irriter chez lui et il avait répondu : « Euh…, que je chante du Céline… » La jeune binoclarde lui avait demandé s'il trouvait cela nécessaire de chanter le répertoire d'un autre et que, peut-être, ce déguisement en couvrait un plus large. Il était temps de grandir enfin et d'*assumer* ce qu'il était. Ça l'avait beaucoup fait cogiter tout cela et il s'était mis à la fumette, tandis que buvant des bières sans alcool il essayait de découvrir ce qu'il était « vraiment », allongé sur son matelas défait, les yeux rivés au plafond.

« Ce que je suis et que j'essayais de dissimuler, c'est que je suis un homme et non un canard ! Que je suis un homme et non Céline, et, surtout, que je suis un Français ! m'a dit René-Charles. Tu te rends compte, j'ai débuté avec Walt Disney et ensuite le Canada. Mais bordel, je suis français moi et j'ai délaissé mes propres concitoyens ! C'est comme un Anglais qui ne lirait que les textes d'un écrivain du Luxembourg ! Où est la logique ? Il peut pas en comprendre le sens ! Ce n'est pas son pays ! J'aime la France et les jambon-beurre, moi ! » Il se mélangeait les pinceaux, René-Charles, mais, stupéfait, je le laissais poursuivre : « Les Français je les ai délaissés, méprisés ! Mais je vais me rattraper mon petit pote, tu peux me croire ! »

Seigneur, la onzième plaie d'Égypte allait certainement s'abattre sur les Parisiens. Il me fallait désamorcer cette bombe de bonhomie qui allait mener à un carnage. « Oui, René-Ch… Erwan, pardon. Oui, Erwan, dans quelques années tu sauras exactement pour quel répertoire exact tu as été créé ! Un jour… » J'ai sournoisement filé mon idée car je sentais que sa reconversion pouvait en fait s'avérer catastrophique et cela pour une raison précise. Si René-Charles essuyait des refus en braillant les textes de son nouveau répertoire dans les wagons, les injures qui allaient fuser seraient considérées comme des injures racistes et extrémistes et nous autres conducteurs nous subirions encore plus d'emmerdes. Imaginez, René-Charles s'en prendrait forcément un jour à un métis, à un Africain, à un Asiatique, à un juif, qui refuserait de lui donner de l'argent, et j'entendais déjà la nouvelle version de sa phrase préférée lorsqu'il accusait les types de ne pas lui donner car il chantait les paroles d'une femme : « Ah tu n'aimes pas le français, c'est parce que tu n'aimes pas les Français que tu ne me donnes rien, mais si on aime pas les Français et la France on la quitte môssieur ! »

« Erwan, lui ai-je donc dit, pour aller plus loin dans la vérité de ton être, tu n'es pas seulement français, tu es breton. Ce sont ces écrits-là qu'il importe que tu honores, ceux qui couraient dans les veines de tes arrière-grands-parents, de tes ancêtres les nobles Celtes.

Il faut chanter les louanges du paganisme, des solstices et des dolmens. Il faut que tu partes retrouver ces sonorités et ces paroles inconnues sur tes terres Erwan ! » Il m'a interrompu, le corps transfiguré par cette éclatante vérité. Soudain pantocrator, Erwan avait des visions mystiques et la bière qu'il tenait serrée lui coulait des poignets aux chevilles : « Les solstices, le renouveau de la nature et les orgies avec plein de jeunes nymphes. Comment n'y ai-je pas pensé ! Il faut que je retourne en Bretagne. Mille mercis mon ami, heureusement que j'ai pris la peine de boire une bière avec toi finalement ! » Exalté, il a sorti un joint d'herbe de sa poche. « Nous allons fêter cela mon frère : à la Bretagne, terre des braves et des valeureux ! Au Valhalla ! » J'étais surpris que mon stratagème ait trouvé terreau aussi fertile et j'imaginais ma ligne désormais désencombrée de l'énergumène alcoolisé, loin à parcourir ses terres bretonnes en faisant exploser les tympans des pêcheurs, chassé des villages avec pour tout bagage sa mauvaise humeur légendaire, sa Guinness et sa lyre portative. Je riais comme un beau diable en tirant sur le pet', je l'imaginais en druide avec ses bras nus et ses nombreux tatouages de Céline et de Donald parler purification, je l'imaginais avec sa bedaine transpirant essayer de fabriquer de l'hydromel, je l'imaginais à cheval sur une chèvre, je l'imaginais marié à une faiseuse de crêpes à l'andouille, je l'imaginais ouvrir sa fenêtre le matin et tomber nez à nez avec les terribles mamies à coiffe bigoudène de la publicité Tipiak qui disent « Piiii-rates ! ». Il m'était révélé grâce à cette marijuana bouche de la vérité qu'elles étaient en trouple, ces petites grands-mères, qu'elles formaient depuis des années un trio essayant de montrer la voie de la modernité. Elles détestaient la semoule dont elles vantaient les mérites. Elles détestaient leurs coiffes en dentelle qui les faisaient ressembler à de vieux napperons. Elles voulaient porter des minijupes, se coiffer en palmier, faire du roller avec des milkshakes en équilibre sur leurs plateaux, se jeter dans le vide comme Thelma et Louise, crever l'écran des téléviseurs et montrer leurs fesses aux *couch potatoes*.

René-Charles allait partir et être heureux, nous nous sommes enlacés et il m'a narré la vie qui allait devenir la sienne. La bière serait là-bas au vrai prix du pays, elle coulerait des ruisseaux et les Bretonnes nues sous leur tablier de cordon bleu se disputeraient ses faveurs à lui faune couronné de lauriers. Il leur parlerait de ses années d'errance entre plusieurs répertoires depuis une falaise donnant sur la mer déchaînée tandis que des alezans galoperaient à l'horizon montés par des amazones qui exceptionnellement auraient gardé leurs deux seins pour lui. Il les mettrait en garde contre le Cerbère de la ligne 6, ce monstre dont les deux premières têtes dénommées Melchior et Soren (il n'était pas près de leur pardonner d'avoir été conviés au pot de départ d'Henri) répandaient moult bobards à propos de cette religion dénaturée, de privations, de fausse humilité et de culpabilité qu'était le catholicisme. Catholicisme qu'incarnait bien la troisième tête du Cerbère, Yvette, qui était en fait une mielleuse et sournoise vieillarde sans souci de son prochain (pour elle aussi la pilule ne passait pas). Et que dire de ce Charon d'Henri. Ce sans-cœur conduisant les passagers par devoir et uniquement s'ils avaient payé leur dû. Fi ! En terre gaélique René-Charles et ses disciples seraient en osmose avec l'univers, ivres de jour comme de nuit, la terre bretonne dans sa grande générosité et le pécule qu'il avait amassé à Paris-tout-gris le nourriraient. Le sol s'est soudainement mis à battre comme la peau d'un tamtam, c'était Serge le lapin rose du métro qui arrivait, bondissant, pour nous gratter l'amitié.

« Attention ! Ne mets pas tes mains sur les portes, tu risques de te faire pincer très fort », répétait-il en boucle. Il écarquillait ses yeux de lapin comme s'il était un faon. Il était évident qu'il essayait d'avoir l'air aimable pour s'incruster dans nos conversations. « Ne mets pas tes mains sur les portes, tu risques de te faire pincer très fort ! » Le jaune acide de son tee-shirt nous donnait des haut-le-cœur. Ses grandes dents étaient, vues de près, mal lavées. « Ne mets pas tes mains sur les portes, tu risques de te faire pincer très fort !! » Pour qu'il se taise enfin, nous lui avons tendu le joint. Il a longuement tiré dessus et son rose pastel est devenu fuchsia. Il a effectué des bonds de plus en plus élastiques et crié : « Pince roupettes, pince roupettes ! »

Nous étions outrés de la vulgarité de ce lapin pervers. Cela nous a sauté aux yeux qu'il avait toujours été louche, à faire sortir sa petite queue de lapin hors de son jean. À parler aux enfants, et comme un enfant, alors qu'il avait désormais quarante-cinq ans. Sa petite queue rose sortant du jean « comme par magie » ! Il avait dû y faire un trou exprès, ce n'était pas un jean rapiécé mais un jean d'exhibitionniste ! « C'est certainement même un lapin pédophile, m'a glissé René-Charles, c'est la seule explication. – C'est sûr j'ai répondu, il se déguise en jeune par pure perversion, c'est répugnant. » Il fallait ourdir un plan pour le faire carpâiller. Après l'avoir bien fait fumer pour le rendre inoffensif, on s'est jetés sur lui et on l'a ligoté avec le fil du micro que René-Charles emportait toujours avec lui lors de ses tournées de wagons. Il nous appelait « ses amis » et mandait notre clémence mais nous on ne s'est pas laissé avoir vu qu'on pensait à tous les enfants qu'on allait sauver. On l'a balancé ni vu ni connu sur les rails avant de partir en sifflotant comme deux communiants. Le prochain métro roulerait inopinément sur un lapin rose s'étant emmêlé les pattes dans un micro volé. Il n'aurait que ce qu'il méritait le grossier importun.

Deux semaines plus tard je recevais une lettre dans laquelle était glissée une photo. René-Charles, toute bedaine dehors, était vraiment parti sur ses terres bretonnes et il arborait un tee-shirt à strass *I love Saint-Malo*. La photo n'a plus jamais quitté mon portefeuille. La rumeur courant qu'il faisait un tabac dans les maisons de retraite et dans les pubs bretons, sa logeuse Mme Montenlert a augmenté le loyer de sa piaule et s'est targuée d'avoir été, en plus de sa logeuse, une sorte de mécène à son égard. Son talent sautait aux yeux, répétait-elle à tout le quartier Sèvres-Lecourbe, et les étudiants des piaules du coin ont commencé à méditer – pour oublier l'exiguïté de leurs murs et se rappeler que tout est finalement possible – une phrase que FX aurait pu proférer : « Pour qui croit en ses rêves, rien n'est impossible. »

Shibardises

Je pense que je n'ai vraiment commencé à comprendre le caractère de Madeleine qu'après avoir été présenté à sa famille. Enfin à sa mère, Marie-Jeanne, plus exactement. Un être aussi solitaire et survivant dans un imaginaire aussi loufoque a généralement transité par pas mal d'étapes et Marie-Jeanne en était une capitale puisqu'elle l'avait élevée seule depuis ses dix ans. Il m'avait fallu la rencontrer car cela faisait plus d'un an que j'habitais désormais avec Madeleine et la courtoisie voulait que nous ne poussions pas le bouchon de l'inconvenance plus loin. « Une fois que ce sera fait, m'avait dit Madeleine, tu n'auras plus jamais à t'infliger cela. Elle va constater que je ne suis finalement pas, contrairement à ce qu'elle s'imagine, devenue lesbienne et j'aurai la paix une fois sa curiosité repue, quand elle aura également constaté que tu es un raté. » J'ai regardé Madeleine avec des yeux ronds devant ce constat dithyrambique. J'étais donc ce que la société considérait comme un raté. Elle s'est reprise en m'expliquant que, pour sa mère, sa fille ne s'intéressait qu'à des ratés, qualité relative au solde du compte bancaire et aux catégories sociales côtoyées. « Elle ne va pas chercher bien loin, tu verras ! Dès que tu lui auras dit que tu travailles à la Ratp, elle va commencer à parler d'elle, de mon père et de moi, l'usufruit d'un accouplement qui n'aurait dû se faire car elle a mis deux ans à perdre ses kilos de grossesse. Même la bouteille que tu vas apporter en guise de cadeau de bienvenue ne trouvera pas grâce à ses yeux. »

Il était vingt heures quand nous avons sonné à la porte de Marie-Jeanne. Surprise ! Ce sont deux énormes seins siliconés et un capiteux parfum qui ont surgi en premier par la porte entrouverte. *Shalimar*. Je lui ai tendu une main qu'elle a dédaignée. « C'est vous le fameux petit ami, je suis enchantée ! Enlevez vos chaussures s'il vous plaît et passons au salon. » Me demandant si je n'avais pas deux chaussettes dissemblables ou trouées aux pieds, nous avons emboîté le pas à Marie-Jeanne, elle-même juchée sur des talons hauts et écrasant sa moquette beige à petits pas de geisha. « Je vous ai apporté cela, madame… C'est un petit producteur qui le fait et vraiment… » Marie-Jeanne a saisi la bouteille de champagne et l'a observée avec un air flegmatique avant de m'asséner le plus naturellement du monde : « L'étiquette *petit producteur* dissimule mal la recherche première du faible coût, jeune homme. Tu ne lui as pas expliqué

Mado que je ne bois que du champagne à base de pinot noir ? Sinon j'ai mes aigreurs. Dis-lui d'aller l'ouvrir dans la cuisine, et qu'il n'en mette pas partout. » Je me faisais l'effet d'un petit singe à cymbales en tablier blanc, toujours renvoyé en cuisine pour y chercher quelque chose, tandis qu'elle m'appelait « le petit ami » à toutes les sauces.

Une fois le champagne débouché et servi, l'inquisition a pu débuter. « Cher petit ami, prenez place. Ma fille m'a dit que vous étiez conducteur d'automobiles, c'est cela ? – Non maman, l'a coupée Madeleine, je t'ai dit qu'il travaillait comme conducteur à la Ratp. » Marie-Jeanne a eu l'air de trouver l'idée complètement saugrenue et elle a pincé fort ses deux longues narines terminant son nez aquilin qui lui donnaient un air de renard. « Et ses parents, que faisaient-ils ? » Mal à l'aise, j'ai répondu que je n'avais pas eu le loisir de connaître mon père et que ma mère n'était plus des nôtres. Ses ongles semblables à des griffes se sont davantage crispés sur sa coupe et j'ai bandé les muscles de mes cuisses au cas où l'on me demande encore de me lever pour aller chercher la balayette et l'éponge dans la cuisine. « Famille monoparentale. Votre pauvre mère n'a pas dû avoir la vie facile. Madeleine, tu as toujours eu un faible pour les âmes perdues. Tu dois trouver cela chic. Tu finiras par ressembler à Mère Theresa à terme, binoclarde et ridée comme un pruneau », a-t-elle lancé, prouvant ainsi que si une chose lui était égale c'était bien de me froisser. J'étais comme un bibelot et elle pérorait comme pour elle-même, prenant des mines et clôturant ses mots par des « haaan » : « La ribambellehaaan de marginaux que tu m'as présentés haaan. Mais au moins il y a eu Lionel dans le lothaaan. Il était délicieux Lionelhaaan, loin des autres scories dont je ne me rappelle même pas le nomhaaan. Enfin, même si morganatique ta nouvelle liaison me fait plaisirhaaan. Ce n'est pas bon pour une femme de vieillir seulehaaan. J'espère que cette fois-ci cela durera un peu plus qu'avec les autres ma chériehaaan. » Madeleine était rouge comme un magnifique cœur de bœuf et elle tentait inutilement de rapprocher son siège d'une peinture andrinople accrochée au mur pour disparaître, tel le caméléon. Je la regardais, surpris, tandis que sa mère poursuivait : « C'est qu'elle a un véritable sentiment d'infériorité depuis petite vous savezhaaaan… Ah, je vois, vous êtes surpris de me rencontrer et de voir là d'où elle vient. Vous étiez à deux doigts de m'imaginer comme une grosse dondon servant de la soupe au pain à des enfants cariés ? Vous n'êtes pas le premierhaaan, enfin à être surpris de voir qu'elle vient d'un milieu disonshaaan privilégié. » Marie-Jeanne a commencé à raconter l'histoire certainement mille fois narrée de « Mado », l'amour de la vie de son papa, lui qui l'avait pourrie gâtée comme une petite princesse alors que, de son point de vue, Marie-Jeanne trouvait surtout qu'elle lui avait déformé la silhouette durant neuf longs mois. Puis « papa-gâteau » disparu, malgré le poste important qu'il avait occupé, il ne leur était pas resté grand-chose. « Il était pourtant diplomate, oui oui, mais l'argent file vite. Quand il est tombé fou amoureux de moi j'avais à peine dix-huit ans et lui cinquante, oui haaan, très absent toujours entre deux voyages. J'en ai rencontré du beau monde si vous saviez, des dîners continuels. Il ne fallait pas se laisser aller avec tout ce que l'on mangeait de bon. Quand il est mort il avait presque tout dilapidé pour sa fille vous voyez, cette demoiselle-là qui se faisait habiller en sur-mesure, qui sortait d'une école bilingue Montessori, qui se faisait peindre par des peintres paraît-il de renom du moins cotés. Et figurez-vous que cette demoiselle, là qui se tient mal sur son fauteuil, ma Mado, elle a fini par se retrouver à l'école publique. » Je ne savais pas vu le faciès grave de Marie-Jeanne si j'étais censé sortir un mouchoir pour sécher d'imaginaires larmes tant le terme « école publique » semblait à ses yeux signifier orphelinat et soupe populaire. « Elle avait pris de mauvaises habitudes et après cela a été dur pour elle. Et pour moi aussi, bien sûr. Mado n'avait jamais de petits camarades de jeux, elle n'avait pas d'amis. Vous savez, les pauvres reconnaissent les riches dès la cour de récréation et ils les ostracisent. Pourtant j'ai tout fait pour l'aider à s'inclure, ma Mado. Quand je lui faisais des *sandouiches* au foie gras, je lui disais bien de dire que c'était du pâté. Tu te rappelles Mado chérie quand on ajoutait un cornichon sur le foie gras de ton goûter pour faire croire à ces pauvres enfants que tu étais de la même classe qu'eux ? Et cet anniversaire que je t'avais organisé à *La Tour d'argent* où aucun de tes petits camarades n'était venu parce qu'il y en avait un autre organisé le jour même dans cette piscine publique, l'Aquaboulevard. Et cette fois où un garçonnet qui en pinçait pour toi t'avait invitée un samedi-dimanche ! Tu te rappelles Mado chérie ? Tu avais sept ans et les parents avaient été choqués parce que tu avais refusé le menu enfant. Un menu enfant ! Toi ! Ils t'avaient décrite comme capricieuse. On aura tout vu. »

Marie-Jeanne a pincé la joue de Madeleine. « Tu luis ma chérie et tu piques un fard, c'est très vilain tu sais ? Tu ne mets pas les poudres que je t'offre ? Et arrête de froncer tes sourcils comme ça, tu vas finir chiffonnée comme une vieille pomme. Madeleine a toujours fait plus âgée que son âge, vous ne trouvez pas ? Elle a pourtant un si joli visage mais elle ne veut pas entendre parler de mon chirurgien qui fait des miracles, ce sera tant pis pour elle. On commence à trente ans ou c'est trop tard. » Puis elle a sorti un paquet-cadeau argenté de derrière son fauteuil. « Tiens ma chérie, a-t-elle dit à Madeleine, je n'avais pas eu l'occasion de t'offrir ton présent d'anniversaire. Tu as déjà trente-deux, c'est bien cela ? – Trente », a maugréé Madeleine en déchirant rageusement le paquet de sa mère qui poursuivait en lui faisant remarquer qu'il ne lui avait pas échappé qu'elle continuait de se ronger les ongles et que c'était du gaspillage d'assister à ce carnage sur les doigts de pianiste qu'elle lui avait légués. Silence, puis : « Qu'est-ce que c'est que ça ? a demandé Madeleine à sa mère, coite. Un cendrier ? » Marie-Jeanne a haussé les épaules en pinçant de nouveau ses narines. « Si tu crois que c'est dans mes habitudes de vouloir t'aider à t'empoisonner. » Puis, stupeur, Marie-Jeanne m'a tapoté la cuisse en me disant qu'elle comptait sur moi pour « au moins » servir à quelque chose et encourager sa fille à perdre cette vilaine habitude qui marquait ses traits et jaunissait son teint. « C'est un vide-pochehaaan. Comme tu es désordonnée depuis toujours, je me suis dit que cela pouvait être le premier pas vers une possible maturité, pour laisser ton côté éternelle ado derrière toi. Il est en faïence de Delft, celle-ci est tout de même plus élégante que celle du métrohaaan. » Et Marie-Jeanne a émis un rire dédaigneux et rentré.

Madeleine s'est levée, elle a regardé sa mère droit dans les yeux et lui a dit que ce cadeau était désespérant, comme tous les cadeaux qu'elle lui faisait depuis toujours, et elle le lui a fracassé sur la tête. Le sang de Marie-Jeanne gorgeait la moquette beige du salon. J'ai applaudi, j'ai pissé dans le bocal recueillant les bonbons sur la table basse devant nous, nous avons pris la bouteille de champagne à peine entamée et sommes partis, la laissant ainsi sans alerter les secours.

Madeleine a au bout d'un long moment murmuré un « merci » sans enthousiasme, tournant et retournant l'objet entre ses mains comme si elle allait y trouver un sens dissimulé, et nous sommes passés à table. Enfin, nous ? Non, elles, car le groom que j'étais devenu était en plein service. Pour me demander d'accomplir une action, Marie-Jeanne mettait désormais la main sur celle de sa fille et disait : « Tiens pour une fois qu'il y a un homme dans cet appartement, tu pourrais demander à ton petit ami de… »

Mais la scène se jouait avec un autre protagoniste autour de la table. Comme vous le devinez, Marie-Jeanne avait un petit chien, un shiba au regard ahuri et au poil noisette vaporeux comme s'il sortait d'une permanente, qui siégeait tel un membre de la famille sur les genoux de sa maîtresse qui lui faisait goûter le moindre de ses mets avant de s'en accorder une fourchette. À vrai dire Marie-Jeanne « goûtait » les aliments, quand elle les faisait « manger » à l'animal – car montrer que l'on a faim est le propre des gens vulgaires. Marie-Jeanne était maigre, mais les deux obus pointant sous son pull en vigogne taupe donnaient le change. « J'ai été chez le traiteur, j'ai horreur de cuisiner », a-t-elle dit, et je me suis marré dans ma serviette tandis que Madeleine me fichait un coup de pied dans le tibia puisque enfin je leur trouvais une similitude. « Toi non plus Mado tu ne cuisines pas si je ne m'abuse haaan. C'est vous comme un bon petit ami qui lui concoctez des plats pour quand elle rentre exténuée de ses petits emplois ? – Non. Avec Madeleine le soir nous nous retrouvons devant les supermarchés qui ferment. Ils se débarrassent des produits périmés que nous récupérons. C'est écologique et cela nous permet de boucler nos fins de mois. Bien sûr pour les fruits c'est souvent un peu tendu. Mais en compote l'été… » Non réceptive à mon humour de milord, Marie-Jeanne a tranché avec un « J'espère que vous plaisantez » et poursuivi : « Toi qui à défaut d'être populaire étais si intelligente, avec tes facilités, quand vas-tu enfin renoncer à cette vie de misère… Faire la manche devant les grandes surfaces. Ma propre fille… Cette opiniâtreté dans l'échec… Les ouvriers ne vont pas te remercier d'essayer de vivre comme eux haaan, ils se moquent bien de toi d'ailleurs tes amis communistes. N'est-ce pas ? » Elle m'a regardé comme si j'étais l'ouvrier en question et que je devais renier ma classe et mes convictions politiques pour abonder dans son sens. « Si seulement tu m'avais écoutée et que tu avais passé les concours de la fonction publique. Pierre-Marie aurait pu t'aider, il a le bras long et ne nous a jamais laissées dans le besoin depuis la mort de ton père, Pierre-Marie. » – « Ça je sais, il a toujours été aux petits soins avec toi Pierre-Marie », a répondu Madeleine à sa mère qui a fait semblant de ne pas saisir l'allusion. Bottant en touche, elle lui a tapoté la main. « Pour une fois qu'il y a un garçon dans l'appartement, est-ce que tu pourrais lui demander… », et je suis allé chercher la suite du « souper sur le pouce » resté dans mon territoire, la cuisine.

Enfin assis et observant Marie-Jeanne enfourner un énième bout de langoustine entre les deux rangées de crocs de son chien, cette bestiole qui m'était apparue sournoise avec ses petites dents de voyou m'est devenue sympathique. Le shiba nous appelait à l'aide, il tirait une tête de martyr, tournant son museau en tous sens, tandis que Marie-Jeanne le lui bloquait dans ses serres manucurées pour l'obliger à avaler, ce qu'il finissait par faire pour ne pas suffoquer. Quand sa maîtresse s'est levée pour aller se rafraîchir, le chien, assis sur la chaise, sa serviette autour du cou, fixait d'un regard traumatisé la butte de langoustines décortiquées face à lui. Devant cette image d'une flagrante souffrance animale, Madeleine et moi-même lui avons lancé un clin d'œil en en engouffrant à toute vitesse, clin d'œil qu'il nous a rendu.

Ce chien était incroyable, c'était un comédien-né. Quand Marie-Jeanne est revenue s'asseoir et qu'elle a constaté la disparition des crustacés, le chien l'a regardée avec un aplomb déconcertant et a émis un rot poli, puis il est parti trottiner plus loin d'un pas allègre, temporairement libéré des griffes de son bourreau. C'est le moment qu'a choisi Marie-Jeanne pour tester ma virilité. Puisque j'étais là et que j'étais un « manuel », il fallait que je la secoure : elle n'arrivait plus à faire marcher son poste télé avec sa télécommande et, moi, j'allais pouvoir rétablir tout ce désordre en un « coup de cuillère à pot ». Elle m'avait lancé cette phrase comme si en utilisant cette expression elle n'avait pas à me demander s'il vous plaît et qu'elle parlait mon dialecte. Comme si elle me montrait patte blanche en se mettant à mon niveau. Nul doute que nous autres les populos de la Ratp utilisions cette expression régulièrement, nous saluant le matin avec un « Comment s'est passée ta soirée, camarade ? En un coup de cuillère à pot ? ». Bref, je me suis retrouvé à genoux devant un magnétoscope de l'âge de glace, moi qui n'avais jamais eu la télévision, et j'ai entendu la vipère à cils souligner que je n'étais, finalement, « même pas » très débrouillard.

C'est à cet instant que le fixe de Marie-Jeanne a miraculeusement sonné et qu'elle est allée décrocher, parlant de nous comme si nous n'étions pas là : « Oui, Pierre-Marie, comment vas-tu ? Mais oui, figure-toi qu'ils sont juste là devant moi. Mado et son bonhomme ! Comme je te dis ! Lui ? Haaaan, comment te dire… » Et elle est allée s'enfermer dans la chambre pour poursuivre son appel. Sa conversation durait et durait et nous entendions parler d'Eustache Croule-

Marbre, de Théophraste de la Noix sur Saône, de Tristan-Barnabée du Puy de l'Être, de Machincouli du Chin-Chouilla et la situation frisant un tantinet l'impolitesse, une demi-heure plus tard nous sommes allés mettre nos manteaux.

Madeleine a pris une bouteille de champagne dans la cuisine et a entrebâillé la porte de la chambre de sa mère en la lui montrant. Tout à sa discussion, Marie-Jeanne lui a envoyé un baiser du bout de sa *french manucure* et nous avons quitté l'appartement de la place du palais Bourbon, obligés de repousser le chien du bout de nos chaussures, lui qui tentait de fuir et nous suppliait de l'adopter ou de le laisser devenir un chien des rues, nous faisant miroiter pour faire ce peu des myriades d'os qu'il nous offrirait et dont lui seul connaissait la cachette. Madeleine avait également emporté le vide-poche. « Je ne t'avais pas menti », m'a-t-elle dit alors que nous avions décidé de rentrer à pied en buvant le champagne au goulot, et je me suis tu.

Quand nous sommes enfin arrivés chez nous, nous étions bien éméchés. Je nous ai servi deux verres de vin blanc puisque nous avions terminé la bouteille de sa mère, bouteille que nous avions emplie de feuillage et de quelques fleurs des villes et laissée sur un rebord de balcon. J'ai mis une chanson et on s'est mis à notre danse. Je regardais Madeleine et je me disais que c'était vraiment une créature étrange, tout en contradictions. Et je n'avais pas envie que cela change, mais je ne pouvais pas m'empêcher de me dire que ses névroses, ses angoisses et ce cadre bourgeois qu'il m'avait été donné d'observer ce soir-là, c'était étrange. C'est relativement compréhensible de vouloir être à l'abri du besoin quand on vient d'un milieu pauvre, mais tout faire pour s'éloigner du sien quand il est privilégié, c'est plus rare. Je regardais Madeleine comme lors de notre première danse et je voyais déjà un peu plus « au travers » d'elle. Je voyais plus profondément. Je sentais l'odeur qui était la sienne et que je connaissais désormais, sa vraie odeur, celle qui est accentuée par la nuit de sommeil et qui se révèle derrière le savon, l'odeur du parfum et de la pollution. Je ne m'arrêtais plus à ses yeux vert d'eau, sa bouche rose. Le focus de mon intérêt pour elle me faisait voir, derrière le masque de l'adulte, sa gestuelle d'enfant. Je ne voyais plus la forme de ses yeux mais là où ils se posaient et je me demandais pourquoi. Je voyais les trois rides de son front, légères mais qui témoignaient des réflexions qui avaient été les siennes, réflexions généralement liées à ses prises de sang parfaites, mais aussi à des situations où elle observait le dédain porté aux êtres faibles, la méchanceté mal dissimulée ou le manque de compassion envers les personnes âgées. Je voyais le bout de son nez où, à force de l'avoir embrassée, le fond de teint avait fini par déserter, ce qui lui faisait comme un léger nez de clown. Je sentais la moiteur de ses mains et ses semelles évitant les miennes de justesse, mais cela j'y étais habitué. C'est fou d'aimer quelqu'un pour ce qu'il est, entièrement, pour ce qu'il a d'humain. J'aimais Madeleine parce que lors d'un de nos rendez-vous, alors que nous avions croisé une femme entièrement courbée à cause d'une scoliose, je l'avais vue fondre en larmes. Je l'aimais parce qu'elle n'avait pas les petitesses des frustrés puisqu'elle avait choisi sa vie, une vie humble, avec moi, et qu'elle se fichait bien de ne pas être célèbre ou riche. J'aimais son honnêteté quand elle me disait : « Bordel, je l'ai choisie ma vie, mais qu'est-ce que c'est chiant d'être pauvre et de ne pas pouvoir voyager. » Je l'aimais quand au début du mois on s'accordait un restaurant et que, prenant des pâtes à la truffe ou un plateau d'huîtres, je voyais ses yeux s'agrandir de plaisir et ses joues rosir tandis qu'elle mangeait comme quelqu'un qui aime vraiment manger parce qu'il sait goûter les bonnes choses de la vie. Je l'aimais quand elle se commandait successivement deux plats pour ne pas avoir à choisir, j'aimais voir que notre condition lui convenait même si elle avait gardé des réflexes de sa vie d'avant, des bons mets, des beaux habits et des beaux lieux qu'elle avait côtoyés. J'aimais Madeleine ce soir-là, comme je l'aimerais toujours, mais cet amour soudainement saisi véhiculait en moi un désir d'elle énorme. Ce n'était plus comme notre première danse au parc du Luxembourg. Je comprenais d'une manière presque parfaite à quel point lorsque le désir premier s'érode, il laisse place à quelque chose de plus grand, de plus beau et de plus large. La tendresse avait fait irruption dans le ballet de notre évolution. J'ai pris Madeleine par la main et nous sommes allés dans la chambre. Ce sont de nouvelles sensations qui ont émergé. Ce n'était plus tel organe ou tel organe qui ressentait du plaisir mais la note grave émergeant de nos poitrines qui mettait nos corps au diapason. J'ai vu les couleurs d'Henri, chaudes, bleues, emplir la chambre et des sons comme enfouis au plus profond de nous sortir en ondes vibrantes. Nous avions accédé à un nouveau degré de compréhension, derrière les apparences.

Alors que nous faisions des ombres chinoises de nos doigts sur le mur, Madeleine m'a demandé pourquoi je ne lui parlais jamais de mon enfance. « C'est des choses qui n'ont pas d'importance, lui ai-je répondu, on est ce que l'on est maintenant, fouiller le passé, c'est pour les masochistes, les nostalgiques ou les égocentriques. » Madeleine a ri. « T'es un peu simpliste dans tes analyses parfois. Sans passé il n'y a plus d'enseignement qui puisse te renseigner sur le présent et sur l'avenir. Ce serait être une bête de ne pas avoir ces histoires du passé à raconter, ce serait juste survivre au jour le jour. – Oui, lui ai-je répondu, mais je n'ai jamais compris ces gens qui ne profitent pas de ce qu'ils ont. Qui semblent toujours attendre ou regretter… quelque chose. – Certes, a-t-elle repris, faire comme la fourmi qui ne danse jamais, c'est un pari risqué. Mais le passé c'est différent, c'est un baluchon de fables qui peuvent éclairer des décisions à prendre. Tu n'as pas à verser dans le pathétique ou à poser tes fesses sur un divan extrêmement cher pour en tirer des enseignements. Par exemple, sais-tu pourquoi je ne veux pas d'enfants ? *Hormis* parce que je suis égoïste et que je ne veux pas que cela change notre relation. *Hormis* parce que je pense que cela m'angoisserait cette vision observable du temps qui passe et ces prises de décision pour un autre qui sous-entend que l'on connaîtrait la direction à emprunter. » Et Madeleine s'est mise à me raconter une histoire, une histoire du passé qui l'expliquait pour beaucoup, mais qui ne la dévoilait pas entièrement :

Il était une fois une petite fille dont le père était un très vieil homme et la mère une très jeune femme. La mère de cette petite fille l'avait d'ailleurs eue non avec le très vieil homme mais avec un très jeune homme, beau et intelligent et qui se trouvait être son cousin. Le très jeune homme voulait parcourir le monde alors, il laissa la très jeune femme là où elle vivait, sans savoir qu'elle attendait un enfant. Heureusement pour elle, le très vieil homme qui l'aimait l'épousa tout de même, au point de faire grandir la petite fille qu'elle attendait comme si elle eût été la sienne. Autour du berceau, les fées qui s'occupèrent de l'enfant portaient des robes blanches et arboraient des baguettes sur lesquelles s'enroulaient des serpents. Elles étaient là pour s'assurer qu'elle ne naisse pas avec des nageoires, ce qui pouvait arriver quand un enfant est issu de deux personnes du même sang. Le très vieil homme était soucieux de la santé de la petite fille et il avait un grimoire qu'il lui lisait régulièrement et qui contenait tous les maléfices que la maladie répand sur terre. L'enfant était en parfaite santé mais à force de vouloir voir comme le vieillard et de le fréquenter, ses yeux s'usèrent et elle ne put bientôt plus se mêler à des personnes de son âge car elle ne les comprenait plus. Sa mère, elle, au contraire, s'ennuyait en compagnie du vieil homme et elle n'acceptait pas sa vision des choses, ce recul et cette contemplation lointaine des évènements, ces choses observables qu'il ne souhaitait ni monter ni dresser. Heureusement pour elle, il advint que le très jeune homme finit par revenir. La petite fille et le très vieil homme les observaient en se disant que la nature est étrange et la jeunesse bien surprenante. Il leur fallait dépenser énormément pour exister. Comme si la coquille de leur peau était fantomatique, ils la paraient de textiles, d'objets et de couleurs chatoyantes pour souligner leur présence et ne pas disparaître. Légers et inconséquents, cela leur permettait de ne pas être emportés par les bourrasques du temps qui passe. La petite fille et le vieil homme, eux, n'avaient pas peur d'être emportés. Ce qui les ancrait, c'était les sentiments tenaces qui les unissaient et les soirées et les rituels qu'ils avaient mis en place. Des racines les reliaient à la terre, fortes et épaisses. Le temps passait horizontalement pour les uns et verticalement pour les autres, et ils ne se croisaient que peu dans la grande maison qu'ils partageaient. Mais un jour la très jeune femme qui n'en était presque plus une vit le très vieil homme redevenir un enfant au pic de son hiver. Il fallut le border, s'occuper de lui et le faire manger. La mère de la petite fille ne voulait pas de second enfant et elle avait horriblement peur de la mort, alors elle laissa à d'autres, dont sa fille, le soin de s'occuper de celui qui avait tour à tour été un enfant, un homme et un vieillard. Quand il finit par passer, la petite aux yeux fanés observa la ronde des gens du royaume sans réussir à s'y mêler car elle ne comprenait pas leurs mœurs. Sa mère l'encourageait à faire comme eux qui tentaient de se hisser le plus haut possible sur les tours de verre que comptait la ville, quitte à se faire tomber les uns les autres et à en dégringoler. C'était comme si la réponse à leurs questions les attendait en haut des tours et il pleuvait littéralement des hommes partout dans le royaume. L'enfant qui avait le vertige demanda un jour à un mendiant ce que cherchaient désespérément ces hommes et s'ils le savaient seulement. Ils cherchent une place au plus près du soleil mais comme ils sont aveuglés par ses rayons et qu'ils ne savent s'arrêter à temps, ils ne voient pas la marche devant leurs yeux, tombent jusqu'en bas des tours et perdent ainsi tout ce qu'ils avaient. Et il laissa l'enfant aux yeux fanés observer cette farandole de fous volants, tandis qu'il allait ramasser les piécettes tombées des poches des hommes n'ayant su se contenter de ce qu'ils avaient.

Respiration

Un jour nous avons sur un coup de tête décidé de nous changer les idées en partant à Deauville. Nous finissions tout juste de déjeuner avec Amandine quand Madeleine a subitement ressenti le besoin de changer d'air. Deauville, aucun de nous n'y était jamais allé et la ville a commencé à s'ornementer d'une aura scandaleusement sympathique tandis que nous l'évoquions. « Et si on y allait, maintenant ? » a suggéré Amandine un peu sans y croire. Il n'en fallait pas plus, ni une ni deux, je suis allé chercher la voiture au garage, Madeleine n'ayant bien entendu pas son permis, et nous sommes allés quérir des provisions de bouche pour notre « périple ». Après m'être chargé des sandwichs, les filles sont arrivées hilares. Elles revenaient de chez un caviste et Madeleine avait réussi à se faire passer pour la folle du coin en moins de dix minutes. Le magasin portant l'enseigne « Chez Nicolas », elle s'était approchée du vendeur toute blague dehors : « Bonjour Nicolas, c'est sympathique chez vous. Qu'est-ce que vous avez de bon et de pas trop mauvais ? » Le vendeur face à cette cliente irritante avait désigné plusieurs bouteilles, qu'elle trouva trop ceci ou trop cela et à la dernière brandie elle lui avait demandé si c'était une véritable piquette. Ne comprenant pas qu'elle entendait derrière ce terme son sens originel de vin léger car ayant subi plusieurs pressions, il s'était senti humilié et s'était désintéressé d'elles, qui s'étaient finalement rabattues sur la valeur sûre du gin Tanqueray. Demandant un sac en kraft pour emporter leur butin, Madeleine en avait mal entendu le prix. Celui-ci étant de trente centimes, elle avait entendu cinq et avait déposé dix centimes dans la paume du caviste qu'elle avait tapotée en disant : « C'est pour moi cher Nicolas, gardez la monnaie », et elle n'avait réalisé sa bévue qu'une fois dehors quand Amandine la lui avait signifiée. Derrière son comptoir « Nicolas » fulminait, le visage déformé par l'agacement. On eût dit Astaroth le trésorier des enfers attendant derrière sa caisse enregistreuse du fond de l'échoppe. Mais il était de ceux qui, timides, grognent mais ne font pas dans l'esclandre franc. Tout de même, c'en était trop, il ne faisait que son travail et n'avait pas en plus à se faire ridiculiser par des péronnelles cherchant juste à se la coller. Lui qui avait appris par cœur les saveurs de tant de nouveaux vins, relégué au statut de simple vendeur d'alcool…

Il y avait un supermarché pas loin et en passant

devant Amandine a suggéré d'acheter du soft pour les gin-tonics que nous prévoyions de concocter. À l'intérieur de grosses promotions étaient en cours. Devant des cartons posés à même le sol, les gens se bousculaient pour s'emparer de pots de Nutella géants et de paquets de pâtes gigantesques. Des costumes « batraciens » pour enfants s'arrachaient sous des lumières blanchâtres et aveuglantes faisant transpirer les acheteurs. Une odeur âcre régnait et la queue aux caisses était si importante que les familles y tenaient concile en parlant de leurs corvées et des bonnes résolutions à prendre avant la fin de l'année. Une vieille dame tentait d'amadouer sec pour qu'on la laisse passer car elle tenait stratégiquement un pot de compote comme si cela était son seul effet entre ses mains. Elle le rapprochait de son supputé dentier en prenant des mines de pauvre petite grand-mère que l'on voit sur les emballages de yaourts, mais derrière sa frêle et angélique stature attendait dans l'ombre son caddie débordant de packs de Quezac, de sucre en morceaux, de chicorée et de bien d'autres denrées que seuls les anciens prisent désormais. Deux mères criaient en tentant de s'arracher l'une à l'autre le dernier paquet de serviettes hygiéniques en promotion, deux pères devenus coqs s'affrontaient en faisant jouer leurs biceps devant une perceuse bradée à la moitié de son prix initial. Pris de nausées face à cette arène de fous dont certains à quatre pattes éventraient les cartons (la lutte de l'homme contre l'homme peut rendre d'une souplesse incroyable), nous avons décidé de nous passer de tonic. Le gin pouvait au final se boire pur et nous avons, méditant, rejoint l'automobile.

Au volant, la seule cassette disponible était un enregistrement des Beatles et Madeleine et Amandine se sont récriées en chœur qu'elles préféraient mourir que d'écouter cette bouse musicale désespérément optimiste. Il était dix-neuf heures quand nous sommes arrivés dans le centre de Deauville et il y faisait un froid de gueux. Nous nous sommes installés à une terrasse dont la carte nous a mis la puce à l'oreille quant au traquenard dans lequel nous nous étions mis, tant les chiffres étaient élevés. Fuyant l'attrape-touristes pour une crêperie, notre intrusion y fut accompagnée de regards glacials et d'attitudes distantes. Les clients étaient ridiculement sur leur trente-et-un et regardaient le crâne à demi rasé d'Amandine de manière dubitative, voire franchement méfiante. Les femmes avaient des boucles d'oreilles fantaisie, des collants de couleur et des perfectos en mauvais cuir. Les hommes arboraient des épaules de rugbyman moulées dans des chemises laissant deviner la pilosité de leurs pectoraux. Cherchant à héler le serveur qui faisait exprès de ne pas nous voir, nous entendîmes les mots « chats noirs » proférés à notre encontre.

Plus tard, alors que le serveur venait encore de détourner la tête devant son bras levé en feignant l'affairement, Madeleine s'est écriée : « Je le savais ! » Puis elle s'est excusée auprès d'Amandine en lui précisant qu'elle ne la mettait pas dans le même panier que ces hurluberlus mais que, franchement, elle ne pouvait plus rester les bras croisés devant cette xénophobie qu'elle constatait depuis toujours à l'encontre des Parisiens. « Ils viennent jusque chez nous pour critiquer notre ville et notre climat, notre circulation. Ils achètent à leurs enfants nos appartements, des appartements que nous-mêmes ne pouvons envisager de prendre, et cela grâce aux économies qu'ils ont réalisées. Ils viennent postuler nos emplois, affairés et prêts à accepter les heures supplémentaires, ce qui nous fait passer pour des fainéants. Ils critiquent nos mœurs, nos prix trop onéreux, le manque de verdure, notre rapport au téléphone, au stress, nos transports en commun. Ils nous disent hautains et mal polis alors que nous les laissons manger dans nos restaurants, partager nos terrasses et visiter nos musées. Et en retour ? En retour, durant nos vacances ils nous traitent comme des "chats noirs", avec rudesse et mépris. Comme ici, dans les restaurants et sur les marchés ils nous servent en dernier et comme s'ils nous faisaient l'aumône. Ils feignent de nous plaindre, nous, êtres gris de pollution, maladifs car ne mangeant que de la nourriture transformée. Mais nous, "les chats noirs" qu'ils critiquent à l'année, ils sont bien contents de nous voir honorer leur région et louer leurs maisons avec piscine, l'été quand nous sortons notre carte bleue. Sinon ? Pas un sourire, pas un gentil mot. C'en est trop ! », et Madeleine a alpagué la salle de la crêperie en leur expliquant qu'ils devraient se méfier car, elle présidente, Paris deviendrait un Monaco bis où les Parisiens auraient un droit du sol leur donnant un coupe-file pour les musées et les meilleures tables dans les restaurants et la priorité pour les embauches et locations immobilières. « Si vous ne nous aimez pas, eh bien sachez que nous non plus ! Nous, des ramoneurs barbouillés de suie, c'est cela votre idée des Parisiens ? La grande ville qui nous mâchonne et nous digère ? Eh bien c'est savoureux le bruit et la pollution, c'est plus vivant que de se confire le gras avec vos bons produits du terroir, à attendre en augmentant sereinement votre taux de cholestérol que la mort daigne venir vous prendre puisque vous vous emmerdez à mourir dans vos grands espaces ! » Amandine semblait ahurie de voir qu'elle appartenait à une caste ségrégationniste et capable d'engendrer de tels traumas chez les Parisiens et elle a tenté de calmer Madeleine en la sortant de la crêperie et en lui murmurant que non, ils les aimaient bien les Parisiens et que leurs reproches sur eux, c'était juste des blagues à ne pas prendre au premier degré. À l'intérieur, Maëva s'étouffait à moitié avec un bout de pont-l'évêque. L'affront était trop fort pour elle qui avait habité à Paris et qui était rentrée au bercail après que l'amoureux rencontré là-bas l'avait laissée tomber. Elle qui commençait tout juste à se remettre, rassérénée de retrouver ses vertes pénates et les soirées entre copains. Cette sale snob de Parisienne venait de remuer le couteau dans sa plaie encore non cicatrisée.

Après cet incident, assez drôle selon nous il faut le dire, nous avons continué de déambuler dans les rues désespérément lisses et proprettes de cette ville de maisons de poupées. La pierre était blanche et fraîchement ravalée, les passages piétons semblaient peints et adaptés à la taille des enfants ; entre trois maisonnettes une banque était systématiquement lovée comme s'il s'agissait d'un petit chat sympathique faisant ainsi « comme c'est pratique ! » oublier que le fait de tirer de l'argent n'est pas quelque chose de naturel. En parlant de billets nous nous sommes orientés vers le fameux casino situé sur la plage pour y tenter notre chance. Mais, manque de pot là aussi, nous nous sommes fait blackbouler car nos tenues, celle d'Amandine surtout avec son blouson aviateur en cuir et son pantalon déchiré, n'étaient semble-t-il pas des plus appropriées.

Pas grave, restait le paysage qui est à tout le monde. Je suis allé chercher pour ces dames la bouteille de gin laissée dans la voiture et nous nous sommes servis de grandes rasades dans des gobelets en plastique prévus à cet effet, assis sur le sable. Avec l'humidité et l'alcool, l'ambiance était douce et pénétrante. La mer, noire, formait un tableau en deux teintes avec le ciel. Les flots nous murmuraient des paroles hermétiques aux accents venus des confins de côtes éloignées. L'animal marin voyait son échine flattée onduler sous les caresses de souffles gutturaux prenant leur élan d'on ne sait où. L'organisme aqueux laissait s'échapper des ronronnements d'abysse facilement décryptables : il éprouvait du plaisir à être là depuis toujours et à jamais, là où tout était à sa place. La bouteille de gin passait de main en main, le sable amollissait la rigidité de nos muscles et nos vêtements légèrement poisseux crissaient de sel quand nous bougions. Le silence se mouvait en pas chassés gracieux, nous englobant dans sa chorégraphie rythmée d'étoiles et de stratus. L'au-dessus et l'en-dessous faisaient l'amour, tordant leurs corps en des remous visibles à la surface de l'eau. Des êtres aériens massaient la crête des vagues quand dans ses profondeurs l'élément lourd cachait des bouteilles contenant des messages, des perles, des couples de bernard-l'ermite besogneux et des coquillages irisés et polis par les flots. Pas loin, le crâne d'un malheureux au jeu ou en amour d'il y a bien longtemps se désenlisait progressivement des algues vertes grâce au courant marin. Une balle était encore fichée dans sa calotte. Nous nous taisions. C'eût pourtant été le moment idéal pour philosopher gentiment sur la vie mais quelque chose de sacré nous faisait sentir l'inutilité d'aborder en termes maladroits ce qui s'affichait trop parfaitement devant nous. Quel contraste que cette osmose, face au décor des rues des hommes. Nous avons empli nos poumons de l'impénétrable qui se joue en des partitions plus hautes. L'univers rendait en tamtam vie à nos alvéoles et nous avons emporté un peu de ce mystère qu'est la sérénité dans nos corps, sur les sièges de la voiture et sur nos couches que nous avons honorées du lourd sommeil du voyageur rentré à bon port. Nous ne retournerions plus jamais à Deauville mais ses embruns étaient en nous.

Longitude 12

C'est suite à un blâme que je me suis retrouvé sur la ligne 12 du métro. Bien sûr mes chefs savaient que j'affectionnais les lignes aériennes et ils ne se sont pas gênés pour y remédier : direction l'une des plus profondes de tout le réseau, pas une station en extérieur. Le soir où l'incident s'est passé n'était pas comme les autres car c'était un soir de Coupe du monde. J'avais travaillé tout en écoutant le fil de la rencontre sur la radio de ma cabine. Madeleine, elle, l'avait suivie dans un bar en compagnie d'Amandine. En réalité, c'était surtout le fait qu'Amandine ait trouvé une colocation qu'elles fêtaient et quelques-uns d'entre nous à la Ratp lui avaient avancé l'argent de sa caution pour la féliciter de ce nouveau départ. Madeleine, comme moi, n'était pas très foot. Mais elle trouvait que c'était sympathique Paris qui s'égaie. Dans sa période canaille depuis qu'elle avait entendu parler des apaches de Belleville, elle pestait à tout bout de champ comme un vieux loup de mer et « avant d'aller mettre la viande dans l'torchon » elle avait tenu à « s'enjailler » en s'en mettant publiquement un « derrière la cravate ». Oui, Madeleine avait ses périodes « imitation » et le parler populaire m'amusait beaucoup car elle s'était peu avant essayée à la parodie d'intellectuels extrêmement pénibles. Par exemple Jean-Luc Godard, narcisse suffisant, ou Sartre, croassant la bouche pleine ses louanges du régime soviétique. Et comme Madeleine ne faisait pas les choses à moitié elle avait récupéré pour ce faire dans un dépôt-vente une paire de lunettes aux verres épais comme des culs de bouteille, ce qui lui avait provoqué des céphalées qui m'avaient une nouvelle fois conduit aux urgences de Cochin.

Ce soir de match Madeleine avait remis l'enveloppe contenant nos économies à Amandine et fait le plein de nouveaux jurons. Puis elle m'avait rejoint pour finir la soirée sur une charmante zone sur rails parisienne, notre pique-nique de tourtereaux dans un sac : une bouteille de Get 27 et un saucisson au poivre vert, avant d'élégamment résumer notre rendez-vous en ces termes : « Ah ! On va se coller une bonne biture ! » Nous étions assis l'un contre l'autre, des formes faisant penser à des brebis hydrocéphales sautaient de nuage en nuage en se reflétant sur la ligne de mire de mon pare-brise et j'ai improvisé un morceau pour Madeleine inspiré d'un tube bien connu, tandis qu'elle posait sa tête sur mon épaule, se reposant de ne plus avoir à triturer son palais de mots d'argot durant quelques instants :

Et sous ce ciel de faïence
Je vois briller toutes les correspondances
Quand je rêve quand je divague
Loin d'René-Chaaarles
Dans la brume au bout du quai
Je vois Madeleine qui vient m'chercher

À la station Corvisart, les jeunes qui avaient assisté au match sur la Butte-aux-Cailles sont arrivés en gueulant, leurs trombines bariolées de bleu, de blanc et de rouge, des perruques rousses et frisées sur la tête, torse nu pour certains, se hissant les uns sur les épaules des autres, hurlant dans des mégaphones et buvant au goulot dans des bouteilles en plastique recelant des mélanges peu catholiques. C'est à ce moment-là que le drame s'est produit. Des cris ont fusé d'une bagarre lointaine, des pétards ont explosé trop proches et bientôt, les wagons pénétrés par une étrange odeur de brûlé, ç'a été la panique. Le téléphone arabe des voyageurs a répandu l'idée d'un attentat en cours dans la station, ce qui avec les tensions qui régnaient depuis un certain temps était loin d'être extravagant. En un instant la liesse et la fraternité ont déserté le métro et la panique a été complète. Pris dans un mouvement de foule gigantesque, les plus faibles se sont retrouvés au sol, piétinés par ceux courant vers la sortie la plus proche. D'autres étouffaient, pris en étau par la pression des corps groupés et les empêchant d'avancer. Certains ont sauté sur les rails de devant et derrière le métro, devenus singes s'écharpant, criant et gesticulant ils se poussaient par les épaules, se tiraient par les vêtements, des passagers en catatonie ne pouvaient plus bouger et suffoquaient. J'ai immédiatement dégrisé et essayé de rétablir le calme en braillant dans le microphone, mais rien à faire. Quand ils m'ont enfin laissé sortir de la cabine, la station s'était presque entièrement vidée, laissant une dizaine de blessés dans un état plus ou moins grave au sol. Avec Madeleine on est allés porter secours à ceux semblant le plus mal en point. Une petite avait été violemment heurtée à la tête et saignait beaucoup, une vieille dame au sol semblait avoir la hanche fracturée et elle répétait faiblement : « Ma canne, où est passée ma canne monsieur s'il vous plaît. » Madeleine a rassuré ceux ayant besoin de soins, courant à la volée pour trouver la mallette à pharmacie, l'antiseptique, les compresses. Malgré notre bonne volonté, rien n'y a fait pour la direction. J'ai été interrogé moins d'une heure plus tard et la présence de Madeleine dans la cabine n'a pas joué en ma faveur. Ils ont aussi trouvé la bouteille d'alcool. Boire en service… Comme l'a dit Madeleine, c'était « la mouise ». Mes supérieurs n'ont pas été si sévères mais ils devaient montrer l'exemple avant qu'en écho les autres conducteurs aient vent de tout cela, je me suis donc retrouvé pour un temps indéterminé sur la ligne 12 du métropolitain.

J'en rentrais avec la tête pleine à exploser, de ces journées passées sous terre, sans soleil. Ma respiration n'était plus aussi fluide, j'avais comme du lourd dans la cage thoracique et des idées noires, ce qui ne correspondait pas trop à mon tempérament. Je ressentais de plus en plus fortement cette forme d'ivresse des profondeurs et les idées qui me taraudaient étaient de l'ordre de celles qu'on tient cachées dans les tiroirs de l'intime et qu'il convient de ne pas sortir au grand jour. Au lieu de me changer les esprits avec les paysages et les jeux de lumière sur les façades de la ligne 6, au lieu de ces vagabondages spirituels, ce qui maintenant irradiait en moi venait de mon tronc. C'étaient des souvenirs de ma jeunesse, des choses que je n'aimais pas et que j'avais refoulées lors de mon passage à ma vie d'homme. Madeleine voyait tout cela, elle voyait que je n'allais pas bien mais comme je ne lui disais rien et que je devenais irritable elle ne m'interrogeait plus de peur que je ne l'envoie paître. Tout sauf inspirer de la pitié, voilà le désir stupide qui peut conduire un homme à se méprendre sur l'attitude à avoir. Comme si parler était un aveu de faiblesse. On échangeait moins et Madeleine qui pensait que je lui en voulais à cause de ce blâme passait ses soirées sur son dictionnaire de médecine à boire de plus en plus de vin en faisant attention à marcher sur la pointe des pieds quand elle passait près de moi. C'est fou comme ce que l'on a vécu peut patiemment attendre son heure pour réapparaître. Il avait suffi du manque de lumière à heures fixes pour que ce que j'avais délibérément relégué dans les limbes en resurgisse.

Noir blanc, noir blanc, le tunnel et les stations me faisaient penser aux coupures de presse étalées à la devanture des commerces du bled où j'avais grandi. Noir blanc, noir blanc, comme on égrène un chapelet, les faits divers de mon enfance émergeaient du néant. Noir blanc, noir blanc, une fille-mère et son fils patientent dans des salles d'attente pour des demandes d'aides. Noir blanc, noir blanc, la mère étant incapable de s'en occuper, le gosse est placé en foyer, noir blanc, noir blanc, lors de ses rares visites, elle a toujours de nouveaux types au parc à lui présenter. Noir blanc, noir blanc, les bouteilles vides les bouteilles pleines, noir blanc, noir blanc, les cicatrices et les bleus sur ses veines, noir blanc, noir blanc, un premier costume d'enterrement pour un adolescent. Mon père n'était même pas venu aux obsèques. D'ailleurs il n'y avait presque personne.

Madeleine, Madeleine, bientôt la station Madeleine, voilà ce que je me martelais. Cette station était devenue la clef de voûte de mon voyage, celle grâce à laquelle je me redressais et tentais de sortir d'un découragement de bête, de ma stature courbée de rat courant sans but dans ce tuyau sombre de la ligne 12, cet horizon mental que je creusais tel un mineur, à la merci d'ennemis invisibles et nocifs. Le feu crépitait, le bruit des freins, l'odeur de soufre, de brûlé, mes muscles faciaux étaient tendus par l'exaspération, mes poignets de manière saccadée actionnaient les outils de la cabine. Je pilais au dernier moment quand j'arrivais au bord du tunnel. J'aimais imaginer les chutes, les entorses ou les sursauts. Pauvre diable souhaitant le mal, petitement, pernicieusement.

Un soir où je rentrais exténué et démoralisé, Madeleine est venue me trouver les yeux rougis par les pleurs. Nous n'avions pas vu Amandine depuis un petit bout de temps et celle-ci était évasive quand nous lui téléphonions, prétextant des urgences et des rendez-vous farfelus. Cela faisait trois mois qu'elle ratait régulièrement ses intérims et Madeleine en avait été informée puisque c'était elle qui l'avait recommandée. Nous étions à mille lieues d'imaginer que cela faisait deux mois qu'Amandine avait déserté sa colocation. Elle s'était pris le chou avec les autres locataires à propos de la propreté de la salle de bains et de courses communes à effectuer, et elle avait claqué la porte. Son emportement serait sa perte, se répétait-elle, mais comment apaiser sa rage constante et ses pulsions d'agacement ? Toujours avoir l'impression de lutter et d'être en marge. Devant ce nouvel échec d'intégration, honteuse de toujours mal faire,

Amandine n'avait pas osé nous demander de l'aide. Elle avait coupé son téléphone et, ne pouvant rester à la rue, elle avait sonné à la porte de la seule personne qui ne la jugerait pas, son punk à chien. Ce que Madeleine m'a annoncé ce soir-là, c'est que l'on avait retrouvé son corps sans vie à l'intérieur de l'un des wagons garés dans les couloirs de la ligne 6. Elle était recroquevillée dans mon ancienne cabine, sur le siège du conducteur, à l'embranchement entre Picpus et Nation, dans cette atmosphère chaude et calme des tunnels, presque utérine, où le wagon fait figure de berceau baigné par la veilleuse des lumières jaunes du tunnel.

J'ai vu les parents d'Amandine à l'enterrement. Avec la bande d'Hervé, Soren et Melchior, nous avions pris la voiture pour nous rendre dans son village d'enfance de la Sarthe, tandis qu'Henri et sa femme, ainsi que René-Charles, nous rejoignaient en train. Yvette seule, trop fatiguée, n'avait pu faire le déplacement. Bien sûr, nulle trace du punk à chien. Quand la famille d'Amandine nous a vus arriver, ils ont tiré de drôles de bobines. Hervé, Mathias et FX, malgré une mise relativement soignée, ne pouvaient prétendre à l'image de premiers communiants. René-Charles était accompagné d'une jeune femme maigre à lunettes et il nous l'a présentée comme étant sa fiancée. C'était l'étudiante en psychologie qui, après l'avoir conseillé durant sa remise en question existentielle, avait fui le bitume et les klaxons pour le retrouver dans ses pénates plus à l'ouest. René-Charles avait épaissi, le bon air et la bière artisanale avaient donné au ventre contenu entre ses bretelles l'aspect d'un boulet de catapulte prêt à être tiré. Masculine, elle lui tenait le bras et on avait l'impression que René-Charles était une femme enceinte au bras de son fiancé. Henri était fidèle à lui-même, calme avec un beau regard doux et peiné, sa femme avivait ses couleurs comme diluées à l'aquarelle de son physique pimpant.

La famille, après cette première surprise devant ce qu'avait été un pan de la vie parisienne de leur fille, s'est montrée courtoise, et ils ne nous ont pas posé trop de questions. Ils étaient touchés de notre présence mais ce n'est pas l'Amandine que nous avions connue qu'ils voulaient célébrer. Nous avons appris que notre amie avait un petit frère, Daniel, il avait sept ans et ressemblait beaucoup à sa grande sœur. C'est lui qui nous a fait faire le tour du propriétaire et montré la chambre d'Amandine, sa chambre d'adolescente dans laquelle presque rien n'avait bougé. Triste, il répétait que « Didine » était morte mais il ne semblait pas comprendre la signification de ce mot et il parlait d'elle au présent la plupart du temps. Sur les murs étaient punaisés des posters de groupes de black metal, un portrait de Nietzsche dont la moustache était si fournie qu'on aurait dit que c'était une barre de traction que ses deux joues peinaient à soulever. Il y avait des stickers avec le A d'anarchie, mais la chambre était muette, dépourvue de toute rébellion et sans la vie adolescente qui aurait dû s'y agiter. La moquette avait dû être shampouinée il y a peu et elle sentait la maison claire à bibelots, même pas titillée par une paire de Converse en cuir noir lui chatouillant son poil anthracite. Une carte postale était posée en équilibre contre un miroir au cadre doré où s'encastraient quelques polaroïds et photomatons. Amandine avec une mèche sur le front, certainement pour cacher des boutons, et un appareil dentaire épaississant sa bouche qu'elle tentait de fermer en vain. Amandine très jeune sur un cheval riant aux éclats, Amandine les yeux cernés de crayon noir devant un gâteau d'anniversaire où tout le monde autour souriait sauf elle, la photo d'un jeune homme brun qui avait peut-être été son premier amour, une de Johnny Depp découpée dans un magazine, puis des photos prises lors de concerts avec des chanteurs plagiant les attitudes et le look de Marilyn Manson. Enfin, Amandine, de dos face à la mer, un blouson en cuir trop grand sur les épaules, sa robette légère prise dans le vent des côtes et révélant ses petites jambes maigres pieds nus dans le sable. Elle ne nous regardait plus. « Entends la mer », a dit René-Charles, doucement, ce qui nous a beaucoup surpris parce que l'on ne pensait pas qu'il aurait le bon goût de s'intéresser à Ferré et que c'était très à propos. « Entends la mer. »

Puis la messe a eu lieu, étouffée par la poussière prise dans les jets de lumière sans âge filtrant des vitraux. Les sons rebondissaient sur les bancs de bois, les scènes du Chemin de croix au mur et les rares voilettes, la récitation lente et plate s'aiguisait avec les bruits du micro servant à la récitation et laissant s'échapper des déglutitions tamisées de la bouche du vieux curé. C'était une messe diffusément triste, de cette tristesse de la terre molle qu'on sent de l'extérieur au travers de la pierre blanche. Il pleuviotait. C'était une messe pour des chrétiens priant par habitude, pour des vieux voyant la vie fuir sans s'en étonner outre mesure. C'était une messe pour des gens qui devant l'inéluctable haussent sagement les épaules et avalent une dernière gorgée de calva devant l'âtre. C'était une messe de province pour un entourage pleurant une personne qu'ils ne connaissaient pas.

Tout le monde ravalait ses larmes, sauf Daniel, occupé avec un jeu de ceux que l'on trouve dans les cornets-surprises de supermarché – un fond en carton avec des billes de métal qu'il faut faire cheminer sans les laisser tomber dans les trous. Il se retournait souvent vers nous Daniel et nous regardait, curieux, René-Charles surtout – ce qui l'irritait car sa patience avait des limites et il lui a demandé si par hasard il avait « un problème avec les Bretons ». Nous n'avons pas fait de discours parce que cela n'aurait pas été convenable, que cela n'aurait servi à rien et que parler de l'Amandine que nous connaissions n'aurait rien remué sinon de l'inquiétude chez les membres de sa famille. Cela aurait fait tache.

Les parents se sont contentés d'écouter lire des passages de la Bible, pleurant amèrement celle que le sort et de mauvaises fréquentations avaient éloignée de la gamine rieuse et bien coiffée sur son cheval, qui était la fille dont ils voulaient se rappeler. Henri est sorti devant le mauvais goût d'un oncle qui avait eu le culot de proférer une phrase ridicule et toute faite, « elle a été comme une comète », pourquoi pas le poncif du feu follet tant qu'on y était, et Daniel a clos la cérémonie en demandant à Didine si désormais il pouvait prendre sa chambre et hériter de sa collection de pogs, ce qui a fait pousser des hoquets de tristesse aux personnes de l'assemblée et rire Madeleine et Mathias-le-Cynique appréciant sa franchise de petit garçon inconscient. « La vie continue », a conclu FX, tandis qu'on se dirigeait vers le caveau familial où notre amie allait reposer avec ses genoux cagneux, ses gambettes blanches et son maquillage, prête à en découdre le jour de la résurrection des morts.

Lors de la collation, avant de repartir car le respect voulait que nous ne nous attardions pas et que nous laissions la famille en paix, nous avons glissé à Daniel nos plus beaux souvenirs d'Amandine. Lui

saurait que sa sœur dansait la mazurka tête rasée dans des wagons redécorés, qu'elle pipait les jeux de dés quand de l'argent avait été misé et que son sourire aux deux incisives plus longues que ses autres dents avait éclairé un tronçon de notre vie à tous, par sa jeunesse nous montrant le chemin du partage et le refus de l'abnégation. Daniel a brandi le poing comme le faisait sa sœur depuis ses treize ans et on a tous posé nos mains dessus en l'enserrant dans nos paumes.
« J'ai rêvé ma genèse dans une sueur de songe, crevant la coque en rotation, fort comme un muscle moteur, à pleins gaz fonçant à travers la vision et la poutrelle des nerfs », a récité Henri. « Amen », avons-nous repris.

Henri retourné à son jardin et René-Charles à sa Bretagne, j'ai repris mon trajet sur la ligne 12. Je ne voyais plus Hervé et sa bande car ils avaient conclu un pacte de non-agression avec la bande du Prof située plus haut. Sans Amandine, leur station les déprimait et ils sont allés s'installer sur les bancs du boulevard Edgar-Quinet, pas loin des portes d'entrée du cimetière du Montparnasse. Ça les distrayait bien. Ils philosophaient sur la mort et sur la vie en regardant le Prof et sa bande piller avec de nombreux stratagèmes les poubelles d'habits sur le terre-plein central. Une radio catholique se trouvait dans leur point de mire et en en voyant sortir les journalistes ils se disaient qu'Amandine avait eu bien raison et qu'ils allaient en revenir à ce bon vieux Frédo et à son ami Zara Toussera parce que c'était vraiment pas une religion de la joie qui s'étalait devant leurs yeux. Les matinaliers tous cernes dehors, blanchâtres, manquaient de se prendre les poteaux électriques les uns après les autres et s'arsouillaient dès dix heures puisqu'ils avaient terminé leur journée. Assis devant des bloody mary ils balançaient des phrases lasses rebondissant sur une actualité déjà périmée à des mémés à sonotone buvant des thés Earl Grey, avant d'aller retrouver Morphée en s'endormant sur leur siège de métro direction le terminus. D'autres effectuant des micro-trottoirs glissaient mollement jusqu'à des groupes de collégiens pour savoir ce qu'ils pensaient de l'Évangile du jour. Dès treize heures, ils étaient presque tous bourrés et disséminés aux terrasses du coin à parler de scandaleuses « canonisations pots-de-vin », d'« odeurs de sainteté truquées » et de « JMJ licencieuses ». Le christianisme semblait définitivement à surpasser et un bus pour les sans-abri pas loin servant des repas chauds, Hervé, FX et Mathias avaient pris l'habitude de taper la causette avec des Maliens et des Srilankais et ils s'intéressaient désormais au soufisme, tournant sur eux-mêmes et s'étalant car trop ivres au milieu des enfants qui faisaient du roller et sortaient des écoles alentour. Il y avait aussi la faune des maisons d'édition et celle du lycée public voisin, c'était l'idéal pour déblatérer sur la vie, sur les bourgeois et les adolescents boutonneux, « ce tieq-là », comme disait Hervé dans son argot jeuniste.

Et moi, moi, je conduisais, de plus en plus aphasique, ma machine dans les profondeurs. Je pensais à Amandine et à la joie qui m'avait été enlevée, je pensais au sort et à Madeleine à qui je n'arrivais pas à expliquer ce qui se jouait en moi. Je ne voyais plus de sens à mes levers et couchers et j'étais irrité, teigneux et crachant comme ce rat que j'étais devenu, scrutant de mes yeux rouges cette ambiance moite, irrité par la blancheur trop vive des stations et ce que je jugeais être la laideur consubstantielle à tous les hommes. Je voyais la station Max-Dormoy envahie par des hordes de junkies, volant les passagers, fumant leur merde aux yeux de tous, maigres, jaunes, le regard luisant les traits hargneux, comme des porcs avides se jetant sur le moindre objet tombé de l'une des poches des voyageurs. Je voyais la station Sèvres-Babylone regorgeant de touristes et de consommateurs modeux ayant dilapidé des fortunes pour prouver leur unicité par l'achat de fringues onéreuses au lieu de peaufiner le patron de leur âme. Je voyais Concorde et Assemblée Nationale regorger d'attachés-cases et de silhouettes à la démarche de ceux qui n'ont pas le temps. J'aurais voulu les étrangler avec leurs cravates, leur faire manger leurs épaulettes, pourfendre leurs mocassins à glands, les pendre avec leurs écharpes aux couleurs irritantes en coton, en cachemire ou en soie. Je voyais Lamarck et les bobos nonchalamment vêtus de chemisettes Emmaüs prises à de vrais pauvres, la coupe de leurs cheveux de cocotte longuement étudiée pour que cela ait l'air naturel. Les jeunes filles étaient pires encore avec leurs casques, leurs buns haut placés et leurs chevilles épaisses dévoilées par des pantalons trop courts et des baskets blanc pétant. À cela se mélangeaient des provinciales que l'idée du beau Montmartre avait fait utiliser trop de fond de teint, elles mimaient les Parisiennes des beaux jours avec des talons vifs et de mauvaise qualité, des jupes trapèzes à pois et des petits fichus à la nuque ou sur les cheveux.

Non je n'ai pas fini. Il y avait aussi Jules-Joffrin et les Turcs, Porte de la Chapelle et les Africains, Porte de la Villette et les cocos, Convention et les bourgeois à poussettes. La haine de mon prochain me rongeait et le soir, au lieu de rentrer retrouver Madeleine, je déambulais à quatre pattes, ma queue traînant derrière moi, rose, sale et râpeuse, dans les boyaux des tunnels, dans le noir, moi l'homme-rat dans mon royaume et dans cette jungle qu'est la terre, crachotant, couinant, cavalant sous les ampoules illuminant les canettes vides et les flaques d'urine, la saleté et les passages à niveau, au milieu d'ombres mes sœurs. Et j'ai commencé à boire moi aussi. Moi qui m'étais cru au-dessus des autres, moi qui consignais leurs histoires, *j'en étais désormais*. J'ai connu la crasse, j'ai connu les mensonges de celui qui découche ou qui rentre bien trop tard, salivant tandis qu'il profère son bobard qui ne trompe personne mais qui déconstruit les liens longuement tissés. L'homme-rat, mesdames-messieurs, fangeux et qui s'y roule en se délectant d'avoir trouvé son habitat naturel. Les lumières jalonnant les tunnels quand elles étaient blanches me faisaient l'effet en se réfléchissant d'anges gardiens fantomatiques déçus de ma personne. J'en étais heureux. Et quand je leur prêtais plus d'attention que d'habitude, ricanant, je m'arrêtais en dessous de l'une d'elles pour uriner sur sa bonne conscience, ses idées de pitié, sur cette charité et cette bienveillance qu'offrent bien facilement ceux qui n'ont pas vécu dans les enfers.

Fiat lux

Un soir, alors qu'il était plus de minuit, j'ai entendu une mélopée se répercuter dans les tunnels à la station Porte de la Chapelle. C'était la voix d'un type rudement bourré qui emplissait les couloirs déserts du métro et je me suis approché avec précaution. Il était à demi accroupi et tournait la pointe de son couteau de poche dans le ventre d'un rat mort en un jeu de toupie macabre. Il ne m'avait pas entendu et continuait de chantonner.

Au bout d'un moment, sentant ma présence le type s'est retourné, nullement surpris ou apeuré. C'était le punk à chien d'Amandine qui me fixait, défoncé, ses yeux révulsés près de lui sortir de la tête tant sa maigreur avait rongé les tissus graisseux traînant alentour. J'ai guetté pour voir si son chien était à ses côtés, je me méfiais. Comprenant ce que je cherchais, le punk, désormais sans chien, m'a dit : « Non, j'ai pas d'clebs, on m'l'a crevé mon clebs si c'est ce qui t'inquiète. » Il ne me connaissait pas mais moi si, je le connaissais de la fois où il s'était fait sortir par Hervé et sa bande quand il avait essayé de s'en prendre à Amandine, et, avant tout, parce que je le voyais régulièrement à la station Max-Dormoy à fumer du crack et à s'injecter sa merde. Même les flics n'osaient plus pénétrer dans la station. Tant de fois j'avais rêvé que la foule le pousse sous mes roues pour que j'entende craquer ses os, lui qui ne semblait nullement se mordre les doigts de ce qu'il avait contribué à nous prendre. Lui qui avait, de nouveau, fait sombrer notre amie, elle qui n'avait pas vingt-cinq ans, ce type-là, dévoré de tics, puant la bière et jouant du couteau sur un rat mort du métropolitain. Tout s'éclairait et je commençais à comprendre que ce n'était pas pour rien que j'avais été catapulté sur cette ligne 12 que j'abhorrais ; ce n'était pas pour rien que je l'avais tant croisé en si peu de temps car le hasard n'existe pas. C'était marrant parce qu'il devait penser inspirer la peur au modeste employé que j'étais, attendant de rentrer chez lui pour la soupe. J'avais eu peur au départ, ce qui était signe que je n'avais pas complètement renoncé à la vie, mais plus maintenant que je l'avais reconnu. Il ne savait pas. Comme lisant dans mes pensées, il m'a dit « Maman t'attend pas pour béqueter mon bon mouton ? », méprisant ce que j'étais et représentais à ses yeux, un soldat docile engraissé par l'État et sa femme. « Ton fricot va refroidir, elle va pas aimer ça maman. Ducon. » Puis il s'est approché de moi dans l'espoir de me soutirer du fric. « Tu veux dormir sur tes deux oreilles, hein ? Petit employé, va falloir faire taire la culpabilité de me laisser passer la nuit dans ce trou sordide. Tout le monde a pas la chance d'avoir quelqu'un qui te cuisine un petit plat bien au chaud, tu ne penses pas ? » Il s'est arrêté devant mon mutisme, puis a repris : « La mienne a crevé, elle s'est défoncée à mort cette conne. » J'ai senti mon poing se serrer tandis qu'il continuait : « J'ai besoin de thune et toi tu en as, les choses sont bien faites quand même, non ? Crache ! » Je n'avais rien sur moi et j'ai prétexté que tout était resté dans mon wagon mais que j'allais l'aider, pour gagner du temps. Il continuait de jouer avec son couteau tandis qu'on marchait. « Ça fait du bien de croiser des types comme toi mon gars, des coopératifs. Pas trop besoin de vous brutaliser ou de vous humilier. Ma nana par exemple c'était pas une coopérative tu vois. Je vais te raconter tiens. Y a peu de temps, je lui ai dit que si elle faisait une petite passe par-ci par-là vu que la dope l'avait pas encore trop abîmée, ça pourrait nous éviter de faire la manche comme des idiots. D'ailleurs, après le coup de me laisser en plan qu'elle m'avait fait, moi qui avais vu mes recettes diminuer de moitié, c'était la seule raison pour que j'accepte qu'elle crèche de nouveau chez moi et pas dans la rue. Bah elle a rien voulu entendre, t'y crois ça ! Non, Madame se prenait pour une duchesse maintenant qu'elle frayait avec des employés dans ton genre. Madame était trop bien pour ça et elle s'était fait "des amis". Elle qui avait pas la connerie de ramener la morale à toutes les sauces, picolant, se défonçant comme il faut, eh bah quelques mois à côtoyer le salariat ça te l'avait bien changée cette grande anarchiste. Maintenant y avait du bien, puis du mal, et elle a commencé à défendre ton espèce en disant qu'elle avait rencontré des gens très bien et elle me donnait la réplique sur tout, la garce. Mais bon, comme elle avait besoin de sa came, et puisqu'une camée te parle moins de respect et perd un peu de sa superbe quand elle veut se piquer, elle est redescendue d'un ton. Je l'ai bien fait mariner, c'était un petit lever de jambes tarifé de temps à autre désormais ou rien du tout et j'aimais pas les manières qu'elle avait prises. Elle a pas écouté mes conseils vois-tu, elle a pas écouté, et il s'est passé quoi ? Bah cette conne est allée acheter de l'héro de merde aux types qui en dealaient en bas pour les crasseux de Barbès. À leur manière ils l'ont crevée elle aussi tu vois. Comme mon chien. » Il a laissé s'écouler un instant les yeux dans le vide et il a dit : « Ils ont eu raison au final, elle valait pas plus. Une chienne. »

J'étais assis en tailleur, sans force, le dos contre la voûte du tunnel à l'intersection de deux lignes, non loin de mon wagon. J'avais du sang partout sur les mains, sous les ongles, et je n'avais même pas la force de m'en débarrasser, de ce sang immonde et certainement bourré de miasmes. Madeleine avait raison, c'est fou les dangers qui nous guettent dans le métro. Il avait lâché son dernier soupir en s'y accrochant jusqu'au bout. C'était comme dans les films quand je l'ai désarmé et que je lui ai planté son couteau dans le ventre, c'était facile parce que c'était inimaginable pour lui, sa bouche s'est ouverte comme la bouche de la vérité et son sang a coulé doucement, onctueusement, pourpre et épais. Il y avait de la vie en lui et il en a été tout étonné. Tout étonné aussi que le petit salarié que j'étais à ses yeux ait fait quelque chose de mal et je souriais en le voyant rendre en hoquets ce qu'on lui avait donné mais à quoi il n'avait pas droit, cette vie que d'autres auraient méritée. « Tu as été une erreur, lui ai-je dit, une erreur qui est réparée maintenant, et que personne ne regrettera. Tu es comme l'azote, tu ronges ce que tu approches, tu es l'opposé de la vie. » Il ne comprenait pas tout à fait. Certes, c'était une ordure mais ce n'était pas non plus une raison pour se faire assassiner comme cela à un carrefour obscur du métro. Alors, pour ne pas passer pour un mauvais, un acharné ayant gratuitement planté quelqu'un parce que je tenais à mon étiquette et que j'avais des principes, je lui ai expliqué : « La chienne, elle s'appelait Amandine. Moi j'aime bien les chiens tu vois, contrairement à toi. » Il n'était plus surpris je le voyais et c'était plus logique pour lui de se retrouver avec son propre couteau dans le bide, alors, dès cet instant, il a fait moins de façons pour partir.

J'avais le couteau dans la main et j'étais fatigué, mes membres s'alourdissaient, quand j'ai soudain été ébloui par quelque chose qui s'avançait, quelque chose faisant comme une pupille dans l'orbite de l'un des deux couloirs qui s'ouvraient devant moi. Cela l'éclairait du dedans, comme une lampe torche. J'ai commencé à entendre des bruits et j'ai vu des contours se déplacer, un peu flous d'abord, vêtus de nippes d'un autre temps. L'odeur du métro n'était plus la même, ça sentait mauvais l'antiseptique et le goudron dans le frais du souterrain. Je me faisais frôler par des wagons en bois à quatre voitures, ils étaient marron, rouges, verts, de première ou de deuxième classe, tandis qu'elle s'approchait de moi, aussi belle que ce que m'avait dit Henri, souple comme une eau lustrale. Tout en blanc, elle avait de très longs cheveux blonds qui faisaient comme une tapisserie dans son dos. Je n'ai pas su quoi lui dire, alors, me rappelant les habitudes d'Henri, je me suis excusé de ne rien avoir apporté de sucré. Elle a souri et hoché la tête, me signifiant ainsi que ce n'était rien, et elle s'est assise quelques instants à côté de moi.

Nous regardions les autres fantômes du métro courir à droite à gauche, les contrôleurs voletaient en sifflant, les poinçonneurs enterrés sous des dunes de petits ronds de papier continuant de poinçonner. Les passagers morts asphyxiés à Couronne toussotaient et crachaient noir dans des mouchoirs en tissu de la taille de nappes. Des femmes à coiffe regardaient par les fenêtres des wagons comme si tout cela était nouveau et moderne. Une brune avec un air fier et dédaigneux dont j'avais entendu parler à la station Sèvres-Lecourbe faisait onduler ce qui semblait une immense écharpe rouge autour de sa nuque. Des travailleurs à chapeau, journal et trench beige – faisant penser au Prof en haut – étaient pris dans le cahin-caha des roues, tandis que des chanteuses entamaient *C'est beau Paris* avec des voix rocailleuses. La femme poignardée dans son wagon de première en 1900 fricotait avec de beaux garçons. Un petit bonhomme haut comme trois pommes s'agitait comme le lapin d'*Alice au pays des merveilles*, courant en regardant sa montre à gousset. « Il est en retard depuis 1922 celui-ci », m'a dit la Belle Dame, tandis que le type s'empêtrait les pieds dans quelque chose et qu'il s'étalait par terre, le métro démarrant devant lui. « Je ne l'ai jamais vu l'avoir. » Les fantômes de différentes époques se mélangeaient, une femme à ombrelle était assise à côté d'un jeune homme avec un baladeur à cassettes. Des jeunes filles juchées sur des compensées avec des colliers ras du cou et des raies en zigzag faisaient bruyamment claquer leurs chewing-gums à côté d'ouvriers en bleu de travail le visage plein de suie. Je voyais désormais derrière le voile des apparences, comme Henri me l'avait dit.

Quand les images se sont évaporées, je suis resté seul avec la Belle Dame. Après nous être mutuellement comme recueillis, elle s'est levée et m'a tendu sa main que j'ai prise. « Il est l'heure de remonter, m'a-t-elle dit, par là… », et elle a tendu l'index vers le couloir de droite, celui qu'elle n'avait pas emprunté en arrivant. Elle m'a accordé un dernier regard, plein d'espoir et de bonté, puis elle a dit : « Va, Jacques », et s'est éloignée avec sa chevelure ressemblant à une tapisserie, pieds nus dans le couloir, éclairant de nouveau sur son passage les reliefs, les rails et les voûtes du métro de Paris.

Le lendemain, lors du premier métro de cinq heures trente, je roulais sur un corps et déclarais l'accident grave de voyageur. J'avais malencontreusement écrasé un drogué, allongé dans l'obscurité sur les rails. Personne ne saurait qu'il avait un coup de couteau dans la brioche, le sang recouvre le sang, c'est ainsi. Mes collègues m'ont plaint, c'était mon premier mort. « Oh, il n'aurait pas vécu longtemps tu sais, essayaient-ils de me rassurer. Peut-être même qu'il avait fait une overdose. »

Quand je suis arrivé chez moi, après avoir vu les policiers, les psychologues, mes supérieurs, Madeleine était folle d'inquiétude, elle qui m'avait attendu toute la nuit. J'ai posé ma veste sur le seul embout du portemanteau disponible, les autres occupés par un soutien-gorge et des collants, et je l'ai regardée et de nouveau vue. Ses yeux se sont embués. « Je suis revenu, ai-je dit. Et je suis mis à l'arrêt ! »

Limonadier

Avec le départ d'Henri et la disparition d'Amandine, mon bel été de conducteur du métropolitain a laissé place à une nouvelle saison et à sa mélodie nostalgique. Réaffecté sur ma ligne 6, la garde des façades parisiennes a salué mon premier passage en poussant des cris de joie de toute la force de ses cheminées, en un concert similaire à celui d'un orgue géant. Les ardoises faisaient des galipettes sur les toitures et les oiseaux s'inquiétaient de voir les platanes brandir en ola leurs nids au plus haut de leurs branches, craignant que ceux-ci ne réduisent leur précieuse progéniture en omelette. Les binocles des fenêtres clignaient de toute leur transparence à mon endroit, tout comme les paupières fardées des auvents rayés de certains immeubles bourgeois. Les racines des arbres, enserrées dans leurs grilles vert bouteille, jouaient au foot avec les marrons, les coques des châtaignes bottaient le derrière des pigeons pour enfin laisser les moineaux se repaître de la mie jetée par les vieilles dames, ce qui faisait rire les stores métalliques qui se gondolaient en zigzag. Les hot-dogs des parcs publics mitraillaient de leurs saucisses les végétariens, les kiosques faisaient des confettis des revues pornographiques ou en inversaient les images pour initier leurs lecteurs au cubisme et au dadaïsme. Les barbes à papa ligotaient les fonctionnaires, les billes ne roulaient plus pour emmerder les gamins, les marelles et les élastiques s'endormaient, fatigués qu'on les piétine et qu'on les étire. J'étais très touché de toutes ces tentatives pour me faire rire et reprendre espoir. Et, peu à peu, j'ai de nouveau vu la lumière du soleil filtrer au travers du pare-brise de ma cabine.

Plus loin à l'air libre, Madeleine nous avait créé un enfant, faute d'en vouloir un de chair et de sang. Il s'appelait Limonadier et devenait le responsable de tous les écueils de notre quotidien. Madeleine avait fumé deux paquets de cigarettes ? C'était pour oublier que ce fada de Limonadier était incapable d'apprendre « Zone » d'Apollinaire en entier, ce que bien sûr les autres enfants faisaient tous haut la main. L'emballage d'un quelconque plat trônait vide dans le frigidaire ? C'était encore Limonadier, monstre en pleine croissance qui nous narguait en ne prenant plus la peine de dissimuler ses méfaits. Le chauffage avait été réglé de manière tropicale ? « Mon fils » était responsable de cette énième toquade car JE l'avais éduqué en lui lisant des romans d'aventures se déroulant en pleine savane.

Limonadier avait cependant des qualités, comme tout enfant, et il faisait délicieusement les cocktails. Un don, il va sans dire, hérité de sa mère, qui le hélait dès dix-neuf heures en faisant claquer ses doigts fins : « Mon chéri, moins de bitter qu'hier ! Et avec le sourire mon ange, n'est-ce pas. »

Était-ce de la maltraitance que de tyranniser ce pauvre gosse, puisqu'il n'avait pas d'acte de naissance ? Cet enfant imaginaire qui, nous l'avions décidé, ne grandirait jamais, car personne ne veut se voir servir un Negroni par un adolescent pustuleux. Cet enfant qui, contrairement à un fox-terrier, ne sautait pas en tous sens et faisait ses besoins sans avoir à nous en informer. Nous étions, il ne faut pas croire, de bons parents pour lui et nous passions de douces et longues soirées à lui lire à haute voix les péripéties de David Copperfield ou de nos héros du sous-sol inscrites sur le carnet d'Henri, péripéties auxquelles j'avais ajouté les récits de mon quotidien avec Madeleine, tous les trois à même le tapis, adossés aux pieds du canapé. Le mercredi ou lors des vacances scolaires, je l'emmenais avec moi au travail pour lui montrer notre ville et l'acclimater à ma ligne 6. Je voyais les couleurs d'Henri désormais et « la poésie qui est le couteau suisse de la vie » imageait ce que je ne voyais avant que frontalement. « Regarde, je lui disais. Regarde Limonadier ! Regarde le feuillage des arbres onduler comme les cheveux des dames chez le coiffeur. » Et en fonction de la saison, la couleur des teintures de Mère Nature privilégiait le brun ou l'orangé, le vert punk, le blanc neigeux ou la coupe à ras. Quand nous plongions sous terre, Limonadier riait du léger vertige que cela lui procurait. Il avait un rire vif et joyeux Limonadier, celui d'un enfant gourmand ne voulant pas passer à côté de la moindre vignette de ce qui se passait aux abords de la ligne. Il ingurgitait la ville, s'en pourléchait les doigts et les déposait encore pégueux sur les vitres de ma cabine en disant : « Encore ! » C'était un manège pour lui mon métro, une fête foraine et un grand huit d'observation sans fin, tandis que la nef du ciel changeait ses tonalités d'une station et d'une saison l'autre. « Encore ! » se récriait Limonadier dans la pénombre du terminus à l'arrêt. « Encore ! » et je repartais de Charles-de-Gaulle-Étoile en direction de Nation pour un nouveau tour.

Nous observions, tous les deux à l'affût, les moindres détails et changements du quotidien du métro. À Kléber, les faïences avaient eu droit à une toilette, quand à Boissière les sièges s'étaient vus remplacés par des bancs, faisant ressembler les voyageurs installés dessus à des hirondelles haut perchées et songeuses. À Trocadéro, une voyante sourde s'était énervée contre l'éternel blues joué de l'autre côté de son quai par un homme de cinquante ans déterminé à être repéré, lui qui lui chipait ses passants alors qu'elle savait grâce aux cartes qu'il était dénué de tout talent. À Passy, situation ubuesque, un grêlon était tombé sur le museau d'un caniche blanc qui avait sursauté et fait aboyer de surprise sa maîtresse à la permanente crème. À Bir-Hakeim, un homme-sandwich avait fait circuler la nouvelle qu'on allait recouvrir d'or la totalité de la tour Eiffel et le parvis était depuis envahi par une faune d'étudiants et de retraités attendant que la Grande Dame se recouvre de son nouveau manteau. Une fois cela fait, peut-être daignerait-elle leur faire l'aumône ou, si elle attrapait froid, se retrouveraient-ils à force d'éternuements recouverts de poussière d'or ?

« Encore ! criait Limonadier, les yeux scotchés à la vitre. Encore ! Encore ! »

Et à Dupleix les feuilles humides se glissaient sous les semelles des détenteurs de nouveaux souliers pour provoquer leur chute, tandis que les imperturbables pollens de La Motte-Piquet-Grenelle taquinaient les nez aquilins jugés trop fiers. Les tourniquets de Cambronne avaient décidé de tourner dans le mauvais sens pour protester contre leur interchangeabilité, quand les fontaines Wallace de Sèvres-Lecourbe laissaient désormais couler du vin entre leurs caryatides vertes. Une foule menée par un médecin expliquait aux féroces mouettes ivres ayant pris possession des lieux que le vin était nécessaire à la survie du peuple français et qu'elles risquaient une assignation pour « mise en danger volontaire de la vie d'autrui » si elles ne cédaient pas la place. Nullement effarouchée, la meneuse des volatiles contestataires, férue de paraboles et d'équité, lui rétorquait entre deux hoquets avinés : « Et sur les marchés heeein ? Sur les marchés heeein, vous nous laissiez y accéder aux poissons ? Œil pour œil, Doooc, œil pour œil ! » Pasteur lassé des odeurs de transpiration juvéniles avait décidé d'arrêter de respirer, Montparnasse-Bienvenüe se prenait pour une fière Sicilienne depuis que les tissus verts et jaunes de mes sièges lui rappelaient des champs de citronniers et elle détricotait de ses courants d'air agiles les pardessus noirs des passants pour s'en faire une mantille. Les stations Edgar-Quinet et Raspail, veuves de la bande d'Hervé, laissaient voir de nouveaux penseurs assis en enfilade sur leurs bancs, se demandant si courir pour attraper le métro avait un sens. Les publicités de Denfert-Rochereau laissaient tomber leurs couleurs à terre pour rendre grâce aux actrices injustement oubliées du muet. De pauvres hères faisant la manche à Saint-Jacques s'étaient grimés en frères Dalton et menaçaient les passagers de leurs pistolets en carton quand, à Glacière, un homme qui s'était moqué d'un enfant s'était retrouvé attaché à un réverbère et forcé à mâcher du savon de Marseille.

« Encore ?! »

À Corvisart, au garde-à-vous les barres d'immeubles dansaient désormais le quadrille et les promeneurs tentaient d'éviter leurs mortelles talonnettes pour atteindre la Butte-aux-Cailles qui alpaguait gouailleusement de toute la force de ses terrasses. À Place d'Italie, sur les quais et attendant l'arrivée du métro, les nombrils des dames discutaient entre eux, une mode osée voulant qu'on les porte désormais à l'air libre. Nationale se cassait les dents sur ses logements ressemblant à des donuts métalliques, les balcons en fer de Chevaleret faisaient du hula hoop autour des façades pour déconcentrer les étudiants du septième étage révisant leurs examens. À Quai de la Gare mes rails snobaient ceux proposant un ailleurs moins parisien et Bercy laissait choir la gueule assoiffée du ministère des Finances sur les quais de Seine. À Dugommier les boulangers se faisaient la guerre car ils étaient trop nombreux, usant de gâteaux du jour piégés et de chaussons aux pommes explosifs pour éliminer la concurrence. Daumesnil, qui avait été élu quartier le plus agréable à vivre de Paris, ronronnait de toutes ses ruelles et la brique des anciens logements ouvriers de Bel-Air n'était jamais aussi belle qu'acoquinée avec le bleu profond des fins de matinées hivernales. L'encorbellement des terrasses ovoïdales de Picpus ressemblant à des soucoupes volantes faisait ses adieux à la pierre de Paris, et à Charles-de-Gaulle-Étoile je reposais enfin mes roues, mon corps et mes pensées, avant de reprendre en boomerang la route vers la Nation avec mon fils.

Chez Melchior

Et sinon ? Marie-Jeanne avait fini par s'installer chez Pierre-Marie dans le quartier du Gros Caillou et le shiba nous envoyait de temps à autre quelques télégrammes pour nous dire qu'il allait mieux, qu'il mangeait enfin des plats canins viandeux et qu'il en était très heureux. Et Melchior et Soren ? Et les survivants des premiers jours ? Nous avons entretenu les liens qui étaient les nôtres jusqu'à leur départ. Melchior est reparti vivre en Centrafrique et Soren qui n'avait pas d'attaches l'y a accompagné pour traumatiser des habitants trop joyeux à son goût, cachant le soleil chevelu des terres africaines derrière les mouvements de ses amples vêtements noirs et la couverture de sa Bible brandie au-dessus de sa tête comme l'hostie. Les enfants qui se livraient à des batailles dans les cours d'eau pleuraient de le voir ainsi jaillir de derrière les arbustes pour les rappeler à leurs devoirs ; les jaguars attendaient en vain qu'il se fatigue en fantasmant sur le goût qu'aurait la chair de cette étrange chauve-souris géante.

J'ai en tête la dernière soirée que j'ai partagée avec eux, hors des murs du métro, peu avant leur départ. C'était un dîner organisé rue Doudeauville, chez Melchior, et j'y suis arrivé avec une bouteille de rhum et des oranges. En grimpant les escaliers, j'ai croisé un voisin qui m'a lancé un regard mauvais en me voyant monter jusqu'à l'étage supérieur. « Vous leur direz que ça commence à bien faire. Leurs odeurs de graillon empestent toute la cage d'escalier. C'est pas parce qu'ils vont partir qu'ils doivent arrêter de se préoccuper des autres. » Sous ces chaleureux auspices j'ai poursuivi mon ascension et déambulé dans un immense couloir donnant sur les portes des chambres de bonne, sans savoir où m'arrêter et où sonner. J'écarquillais les yeux quand un petit gamin m'a hélé : « Tout droit, encore quelques mètres ! » Il faut préciser que si j'écarquillais les yeux c'est que le couloir n'était éclairé que par la lumière extérieure qui déclinait rapidement, émanant de toutes petites lucarnes rondes. « Il n'y a pas l'électricité ici, a souligné le gamin. Entrez, monsieur. » Derrière lui, la porte d'entrée de l'appartement n'avait pas de serrure mais fermait grâce à une énorme chaîne en métal terminée par un cadenas. « Je m'appelle Pierre, m'a dit le gosse. Je suis l'aîné, papa est là-bas », et me donnant la main il m'a dirigé au travers d'un dédale de petites pièces qui étaient d'anciennes piaules dont les murs attenants avaient été percés, ce qui créait cet effet d'enfilade d'un seul et même appartement tout en longueur comme un corridor. Pierre m'a présenté les chambres au fur et à mesure que nous les traversions, celles de sa grand-mère, de ses parents, de son petit frère. Elles étaient décorées selon leurs goûts propres et j'ai complimenté Pierre au sujet d'un poster punaisé au-dessus de son lit qui représentait un cycliste. Fier, il m'a dit : « C'est Poulidor ! Il appartenait à papa. Tu pourras le récupérer quand on sera partis. Chez nous, je n'aurai plus à rêver, je pourrai faire du vélo toute la journée et même devenir le premier si je prie tous les soirs ! », puis derrière un lourd rideau, nous avons abruptement débouché dans une cuisine engorgée de friture et de bouillonnements. J'ai salué Odette, la femme de Melchior, qui m'a donné l'accolade en évitant de me toucher avec ses doigts pleins du beurre dont elle recouvrait des cuisses de poulet. « Melchior, ton ami du métro est ici ! a-t-elle crié. Allez-y, c'est la pièce à côté. »

Je suis entré dans un salon illuminé par un nombre impressionnant de bougies fichées sur deux cheminées se faisant face et dont le parquet en assez mauvais état était ornementé de poufs de couleur et d'un sofa sur lequel était assise une femme qui montrait des images pieuses très colorées à un nouveau-né. Au mur, il y avait un immense drapeau de la République centrafricaine qui recouvrait des fissures profondes et des endroits où le plâtre était tombé. La dame

était la mère d'Odette, et Melchior qui discutait d'un passage de la Bible avec Soren est venu m'accueillir pour me la présenter ainsi que son dernier fils, Joseph. Soren buvait un porto assis en tailleur sur un coussin blanc, sa face émaciée et anguleuse caressée par la lumière des bougies, ce qui lui donnait l'apparence d'un personnage de Bergman s'emmerdant sur un nuage. Cela faisait bien six ans que Melchior et sa famille habitaient le dernier étage de l'immeuble et quand j'ai mentionné le bonhomme croisé en arrivant il m'a dit de ne pas m'inquiéter. « C'est tout l'immeuble qui est squatté mon ami, lui c'est un musicien qui n'a pas le sou. Il grogne à cause du bruit du petit, soi-disant que c'est ce qui l'empêche de créer. Ce n'est pas un méchant. » Sur le côté, Soren agitait désormais son crucifix en direction du bébé comme si c'eût été un hochet, l'enfant semblant ne pas comprendre ce que cette araignée tout de noir vêtue faisait dans son salon. Sous le patronage de saint Michel, des livres jaune pétard trônaient sur des cartons, biographies de différents papes, encycliques et vies de saints. On s'est tous assis en rond et Odette a apporté les cuisses de poulet qu'on a commencé à manger. « Quels souvenirs tu garderas de Paris, Melchior ? lui ai-je demandé en suçant mes doigts.
– Ah…, m'a-t-il répondu, Paris… Les gens n'y ont plus le temps d'écouter… Ils ne travaillent plus pour vivre, mais vivent pour travailler maintenant. Ils vivent

pour d'autres qu'eux, jusqu'à la retraite, parce qu'ils ont peur du regard des autres, peur de décevoir, peur de se tromper de chemin, peur que ce soit trop dur ou peur de manquer et ils passent à côté des vraies valeurs qui sont pas celles du décor de “la République” dont on leur rebat les oreilles avec cette égalité qui les fait toujours regarder dans l'assiette du voisin. Ils oublient la charité, l'attention, la prévenance. Ils oublient de rendre grâce et ils jugent surtout, ils jugent ceux qui ne leur ressemblent pas. Et plus ils avancent en âge, plus ils jugent durement, parce que s'il s'avérait qu'ils aient eu tort, tout s'effondrerait autour d'eux, alors ils veulent encore moins se remettre en question. Ils ne savent pas qu'on ne peut rien t'enlever de ce qui vient d'ici, de ce que tu as donné », et il s'est touché la poitrine de sa paume d'ébène sèche. « Puis, quand ils sont retraités, quand ils ont le temps d'écouter, eh bien ils ne prennent plus le métro mais le bus. Je me sens inutile ici. C'est pour ça tu vois qu'avec Odette, finalement, on va retourner vivre chez nous. Il n'y a pas plus d'argent ou de travail c'est sûr, mais le rapport à la vie, aux ancêtres et au temps y est plus naturel. C'est plus violent aussi, mais ça a du sens et les gens écoutent parce que la religion, chez nous, elle est vivante. Vivante dans l'église et aussi en dehors. » Odette a continué : « Je trouve qu'on dirait des forçats les gens du métro, tu ne trouves pas ? Des forçats mais avec des manteaux neufs pour se mettre les chaînes au chaud ! », et on a ri parce que oui, c'est un peu l'effet que faisaient certains voyageurs. « Et toi Soren tu en dis quoi ? » lui ai-je demandé. Soren a fait un geste énervé de la main comme s'il n'y avait plus rien à faire pour Paris, ce qui ne nous a pas trop étonnés car nous connaissions tous sa nature pessimiste et il a maugréé : « Si l'un des moutons ne suit pas le troupeau, c'est que sa patte est cassée. » C'était bien vu, généralement ceux qui se trouvaient hors de la société et qui pouvaient prendre du recul sur elle et former un groupe avec ses valeurs propres, c'étaient des accidentés de la vie ou des âmes simples dénuées de vanité, nous en savions quelque chose. Ce qui nous rapprochait tous dans le métro, c'était que mis au ban de la société, on pouvait se juger directement d'individu à individu. On aimait des hommes pour leurs actions et leur caractère. On l'aimait *à l'arrêt* l'homme, nous. On ne le catégorisait pas en fonction de ses revenus, de son milieu d'origine, de sa profession, de son efficacité, son prestige ou sa religion. Fallait pouvoir se dessaisir des a priori et de la généralisation pour mieux l'écouter battre tout entier. Et ça, certes, c'était moins confortable que de se donner raison, ça demandait du temps.

« Quand on sera rentrés, a repris Melchior, je parlerai de Paris chez moi. Je parlerai du ciel sans horizon comme un bocal, du gris et du rose et du bistre, de la lumière qui poudroie en halo autour des choses plus qu'elle ne les souligne. C'est une ville pudique Paris et ses habitants aussi, c'est pas comme nos paysages qui s'affirment et qui s'imposent. C'est beau la butte Montmartre et Château-Rouge aussi. Je leur parlerai de Paris là-bas, du bon et du mauvais, de l'hospitalité et de ceux qui se coupent trop de la nature et qui décapitent leur imagination. Je parlerai des Français qui ont toujours trop chaud ou trop froid, de leur attachement à la justice et au dangereux berceau du bonheur dans lequel on les endort comme des enfants. Je parlerai aussi de la ville qu'est le Père-Lachaise ! » Il y a eu un long silence dans lequel nous flottions tous au-dessus des toits de Paris, des Invalides au Grand Palais, des Tuileries à la place du Tertre. « Vous aurez été utiles tous les deux, ai-je conclu à l'égard de Soren et Melchior. La gratuité, ça ne passe pas inaperçu. Je suis sûr que vous avez remis dans le droit chemin des brouettes entières de voyageurs », et Odette a acquiescé, reconnaissante de cet effort justifiant à ses yeux toutes ces années passées à Paris.

C'est alors que nous avons entendu toquer aux murs : j'avais complètement oublié que Madeleine devait nous rejoindre après le travail. Pierre s'est levé et il est revenu avec elle, les yeux pastrami car elle avait fumé un joint. Je lui ai servi un verre d'eau tandis qu'Odette lui enjoignait de se sustenter sans chichis. « Mange ma fille, tu as l'air d'en avoir bien besoin. » Ni une ni deux, Madeleine s'est ruée comme un chien sur sa gamelle, saisissant le poulet à pleines mains tandis qu'elle nous racontait, la bouche pleine et le menton gras, son début de soirée passé chez les bobos. Elle avait réussi à se mettre à dos la plupart des personnes qui chapeautaient l'évènement, l'ouverture d'un centre de médecine douce, en soulignant que leurs produits étaient certainement très bien mais que les chimios et les antibiotiques restaient des valeurs indétrônables. Battue froid, c'est en sortant faire une pause qu'elle avait pris au vol la conversation de deux zouaves épris d'herbe, défendant l'idée que les médecines alternatives étaient surtout préventives. Galilée ! Mieux vaut prévenir que guérir, comment n'y avait-elle pas pensé ! Pour éviter de futures maladies liées au stress, Madeleine s'était mise à tirer comme une folle sur le pétard qui passait de main en main en faisant bien attention à ne pas toucher l'embout en carton autrement qu'avec ses dents pour éviter de potentiels herpès ou hépatite. Rapidement prise dans une brume de gaieté elle s'était approchée d'un premier type, un gras monsieur fessu ventru nommé M. Ayon et qu'elle appelait « chef Ayon », ce qui ne le faisait pas rire du tout, puis, emplie d'amour pour son prochain, elle s'était penchée, mains sur les genoux, au-dessus d'un homme de toute petite taille pour lui expliquer que lui aussi « pouvait faire de grandes choses ». « Les organisateurs étaient très mécontents de moi, a poursuivi Madeleine et j'avais l'impression que tout le monde me regardait et surtout le petit homme qui me faisait penser à une marionnette diabolique. Il sortait de partout, de derrière les chaises et les tables, comme bondissant, et me donnait la nausée. » Madeleine se resservait une poignée des manchons quand un bruit étrange s'est fait entendre, comme une porte qui grince. C'était Soren qui riait. Sa cage thoracique se gonflait et se dégonflait comme la poire d'un tensiomètre tandis que des gloussements venant du fin fond de son tronc se faufilaient entre ses dents avec des bruits de craie : Criirhihhiii, crhiihihhiii.

La musique d'une guitare a résonné. Madeleine était parmi nous et le musicien du dessous avait enfin trouvé l'inspiration. Elle a sorti une nouvelle bouteille de rhum de son sac que nous avons débouchée. J'ai jonglé avec les oranges pour faire rire Pierre et la mère d'Odette. Dieu existait bel et bien et la cohorte de ses anges qui nous coulait dans le gosier réfléchissait l'image future de mes deux camarades endormis, leur Bible sur le ventre, dans des hamacs parallèlement disposés sous les feuillages d'arbres centenaires. Un crocodile faisait du crawl plus loin sur le lac, mais personne n'était éveillé pour le voir.

Parques

Bien sûr, je pourrais vous parler des nouvelles rencontres que j'ai faites. Je pourrais évoquer ces gangs de contrôleurs qui faisaient penser à des corbeaux s'abattant sur les usagers, ou bien Michka, un camelot qui prétendait descendre de la lignée de Gandhi. Je pourrais évoquer les frères jumeaux daltoniens de la station Montparnasse qui vendaient des courgettes et des tomates pour conjurer le sort, les pickpockets spécialisés dans les vols de parapluies ou ce nouveau courant philosophique qui s'appelait le *persifleurisme* et dont le père fondateur et seul membre ne s'exprimait qu'en sifflant fielleusement. Je pourrais vous parler de tout cela bien sûr et de bien d'autres choses, mais on ne vit vraiment intensément une émotion que la première fois qu'on l'éprouve en vérité. Et ce sont eux dont je vous ai parlé durant bien des pages, c'est eux qui ont incarné ce qui m'apparaît comme une vraie, comme une solaire camaraderie. On donne tout la première fois, puis on économise les émotions qui restent. Henri continuait de m'envoyer des cartes sans texte au dos et Yvette n'enchantait plus les couloirs du son de son archet car elle était morte dans son sommeil, rêvant du temps où elle dansait et que d'autres jouaient du violon pour elle. Avec quelques conducteurs nous avons obtenu que ses partitions figurent au milieu des écrits exposés sous les vitrines de plexiglas de la station Cluny-La Sorbonne.

Et ma Madeleine ? L'émotion pleinement ressentie pour elle et qui ne fut plus jamais aussi intense, c'était l'amour. J'ai connu d'autres femmes. Mais cela n'a jamais été aussi complet, aussi beau, aussi véritable et sensé. Madeleine était unique et elle avait ce don de rendre ceux qui l'approchaient vivants, fantasques, elle faisait émerger chez eux un naturel qui les libérait quelque temps de l'étau du convenable puisqu'elle-même avait choisi de le fuir.

Avant de me rencontrer, Madeleine avait été fiancée. Elle travaillait alors comme journaliste au sein d'une grande chaîne de télévision et elle était promise à *un bel avenir*. Elle avait rencontré le fameux Lionel évoqué par Marie-Jeanne à un dîner d'amis et leurs milieux sociaux similaires avaient facilité les choses. Ils passaient du bon temps ensemble, ayant les bases nécessaires au survol reposant de bien des sujets. Expositions, escapades, cinémas, restaurants. Détail qui n'en est pas un, en plus d'être agréable, Lionel était très beau. Beauté accentuée par son aisance en toutes circonstances et par ses belles manières. Lionel était prévenant. Lionel était courtois. Lionel était ambitieux. Lionel pouvait parler du MET et de ses collections, de galeries contemporaines, de contre-ténors prometteurs et de la meilleure façon d'accommoder le sanglier. Avec de tels atouts, la question de savoir si elle l'aimait n'avait pas effleuré Madeleine. Qu'aurait-elle pu attendre de plus d'un homme ? Après de longues vacances en Italie ils avaient décidé à leur retour d'emménager ensemble. La recherche d'un logis laissait place à mille futurs projets. Puis il avait fallu meubler l'appartement, le décorer, le faire visiter aux proches. Ils avaient pris l'habitude d'organiser des dîners entre amis. Ils avaient vingt-sept ans et tout leur réussissait. Lionel travaillait dans un cabinet de droit des affaires prospère, Madeleine était en passe de devenir l'une des rédactrices en chef de sa boîte située sur les quais de Seine. Mais un jour, lors de l'un des fameux « dîners entre amis », Madeleine avait eu une révélation, soudain elle avait vu. Elle entendait Lionel parler et elle le trouvait différent. Elle le trouvait fat, irritant, et se fit la réflexion qu'il débitait des paroles déjà entendues. Déjà dites par sa belle-famille. Déjà dites par ceux réunis autour de cette table. Des paroles superficielles. Des paroles légères, sans fondement mais enrubannées de nippes modernes, métalliques et grises. Leur débit était rutilant, prompt. Ces paroles formaient comme une belle conserve en inox, vide, sans cœur. Madeleine avait pris peur. Elle avait cligné des yeux, terminé son chablis. Elle avait essayé de voir Lionel comme elle le voyait au début du dîner. Mais même quand elle l'avait vu proposer des digestifs et saluer leurs hôtes, elle ne voyait qu'une pantomime. La bague qu'elle avait au doigt et qu'il lui avait offerte pesait soudainement très lourd. Elle avait du mal à marcher et transpirait à grosses gouttes. Elle voyait la peinture en couche sur les murs et les aspérités enfermées dedans. Elle voyait les bougies disposées « comme on le fait » sur le manteau de la cheminée. Elle voyait le paillasson sur le palier, percevait le parfum d'ambiance. Le malaise avait perduré et le lendemain, quand ils s'étaient levés et qu'il lui avait parlé d'un cycle Ozu à la Cinémathèque, elle avait senti qu'elle allait lui vomir dessus et elle s'était enfermée dans les toilettes. Lionel ne saisissait pas ce qui se passait. Il continuait de parler de leurs futures vacances, de ses perspectives d'avenir au sein de son cabinet. Il parlait de mariages auxquels ils devaient se rendre, d'hôtels à réserver. Lors des soirées qu'ils passaient ensemble, elle voyait de plus en plus cette fameuse culture portée au pinacle. Cette outre vide, ce galon clinquant permettant à certains de se repérer entre eux. Madeleine ne pouvait plus supporter Lionel et cet appartement ridiculement grand et blanc. Elle ne pouvait plus supporter cette bibliothèque aux belles éditions aléatoirement cornées le week-end et mises pour certaines en exposition. Elle ne pouvait plus voir le presse-agrumes électrique, la carafe à vin, le tapis tchèque inspiration Kandinsky. Et surtout, surtout, elle ne pouvait plus voir le fauteuil Eames noir qui se prélassait au milieu du salon, car il résumait à lui seul l'idée d'une culture frivole que l'on goûte de temps à autre comme une distraction méritée. Madeleine avait commencé à maigrir. Elle avait réfléchi à ce qu'elle faisait elle-même, à cette actualité périssable qu'elle brandissait à chaque conférence de rédaction. Des cancans. Madeleine maigrissait car elle se rendait compte qu'elle s'était fourvoyée. Mais que voulait-elle ? Puis elle avait écouté sa mère et fait l'inverse de ce que celle-ci lui conseillait. Elle avait rendu sa bague à Lionel qui pensait qu'elle faisait une dépression et elle était partie. Seule, enfin, elle s'était saluée et avait essayé de se connaître. La *tabula rasa* de son nouveau studio lui avait appris que l'actualité ne l'intéressait pas. Elle avait démissionné. Elle avait découvert qu'elle n'était pas vénale et que vivre dans un petit endroit lui permettait de mieux condenser ses idées. Elle avait découvert qu'elle continuerait de fumer même avec une vie sans stress pour mieux goûter le temps qui passait et que ne pas avoir à discuter par convenance était agréable. Madeleine accueillait un jour après l'autre et son angoisse disparaissait. Elle n'était plus en tension vers ce « grand destin » qu'elle avait espéré.

Ainsi, avec Madeleine ce n'était pas l'idée élastique d'un futur à atteindre que nous nourrissions. Nous cheminions sans but, goûtant avec légèreté le pas de deux de cette route sur laquelle nous nous étions croisés, reconnus et choisis. Nous étions en vérité, chose que le fameux Lionel n'a pas semblé saisir lorsque, l'ayant un jour croisé dans la rue, nous l'entendîmes murmurer à sa nouvelle compagne : « Quel déclassement ! »

Madeleine ? Madeleine avait toujours eu des goûts vestimentaires particuliers. De belle facture, les pièces qu'elle choisissait avaient toujours un je-ne-sais-quoi qui la faisait ressembler à une excentrique perdue au milieu de gueux se contentant d'accorder leur garde-robe à la saison. Cela était surtout lié aux accessoires qu'elle choisissait. S'il pleuvait, Madeleine allait revêtir un long caban et poser un large chapeau asiatique en bambou sur sa tête. « C'est ce que l'on porte au Japon. C'est mon père qui me l'avait rapporté. Inusable ! » Ses bretelles tyroliennes achetées en Suisse servaient à agripper un pantalon de smoking jugé un peu trop grand. « Elles sont inusables ! Si solides qu'elles tracteraient un cheval ! » Les sabots et le châle en tricot dénichés chez un petit artisan du sud de la France s'acoquinaient quant à eux avec tout et n'importe quoi. « Faut soutenir nos régions et lutter pour leur patrimoine. C'est inusable ! » Les pardessus-capes n'étaient « pas que pour les Anglais », les maquilas « pas que pour le Pays basque », les gibecières « pas que pour les chasseurs », et quand elle mettait une jolie robe, la féminité de celle-ci se voyait mise à mal par le port d'un poncho en cachemire… « inusable ». La crise d'angoisse n'était jamais loin lorsque Madeleine déboulait chez nous avec un sac opaque renfermant son dernier achat. Avec quelle nouvelle horreur allais-je encore devoir cohabiter ? Bref, à ce moment de notre vie commune et après avoir appris que le jaune et l'orange étaient les couleurs les moins goûtées des Français, Madeleine avait renouvelé une partie de sa penderie en leur honneur. Ainsi elle déambulait comme une longue carotte dans la grisaille citadine, carotte dont les frasques m'étaient de plus en plus étrangères car ses horaires devenaient pour le moins inhabituels. Madeleine mentait mal, elle s'emberlificotait dans des histoires d'intérim le week-end et rentrait de plus en plus tard. L'homme manquant cruellement d'imagination, j'avais fini par la suspecter d'avoir un amant. Un amant maraîcher, car notre appartement était envahi par des sacs de fruits et de légumes qui finissaient, non cuisinés, par pourrir. La vue de clémentines rabougries et de bananes noircies m'irritant considérablement, j'y mettais bon ordre en enfilant des gants en plastique rose dont la sensation poudrée me donnait envie de fuir dans le désert et de m'y faire stylite. Vitamines ou pas, ce qui était sûr, c'est que

Madeleine n'allait pas bien et c'est sa perte de poids qui a commencé à m'inquiéter et qui m'a poussé à lui parler. Ses omoplates étaient devenues si visibles qu'elles lui faisaient comme des ailes d'ange dans le dos, ses clavicules sortaient comme des boulons et ses poignets auraient pu être contenus dans des ronds de serviette. Madeleine voulait-elle maigrir pour plaire à son maraîcher ? Faisait-elle une crise de la quarantaine ? Notre vie commune la désespérait-elle au point qu'elle n'ait plus envie de se nourrir ? J'avais peur de lui poser ces questions car j'avais peur de ses réponses.

Un soir qu'elle me faisait l'effet d'un maigre piaf assis en tailleur sur le tapis, je n'ai plus tenu. J'ai pris son poignet dans ma main et j'en ai fait le tour de mon pouce et de mon index. « Que se passe-t-il Mado ? Tu es si malheureuse avec moi ? » Prise au dépourvu, Madeleine a compulsivement cherché son paquet de cigarettes pour se laisser le temps d'inventer quelque chose mais a abdiqué. « Tu es toujours aussi simpliste et égocentré dans tes analyses », m'a-t-elle dit en m'embrassant sur la tempe. Il y a trois mois de cela, alors qu'elle était chez le médecin pour un contrôle et qu'il lui avait fait une palpation de routine, il lui avait enfin trouvé quelque chose, une petite boule dans un sein. Elle avait effectué de nouveaux examens et n'avait pas osé m'en avertir. « Le moment n'était jamais le bon. Tu débarquais avec une bouteille de champagne, avec une superbe anecdote, avec le moral en berne… Et puis, je n'aime pas le tragique. J'ai tenté la cure de vitamines pour voir si cela pouvait améliorer quelque chose… La prochaine étape, c'est la chimio. »

Elle l'avait son cancer et celui-ci, c'était l'un des seuls qu'elle n'avait jamais pensé développer avec sa toute petite poitrine. « C'est drôle, blaguait-elle, je vais peut-être avoir le choix entre plusieurs modèles de seins, tu ne voudrais pas que je me transforme en bimbo, des fois ? »

Madeleine. Madeleine la nuit ne me demandait plus de guetter son AVC quotidien. Elle ne feuilletait plus son dictionnaire de médecine et ne me laissait plus de testament au petit déjeuner. Elle ne faisait plus tourner les aiguilles de l'horloge pour accélérer le temps qui stagnait désormais. Moi, je pouvais tout supporter, tout sauf cette résignation qui s'était abattue sur elle, ce calme que j'observais prendre ses quartiers chez nous, si différent d'elle. Nous avions parlé des gens qui se mourant feignent le dédain, qui restent nobles jusqu'à leur dernier soupir. Madeleine disait à l'époque que, non, quand on aime la vie, c'est être inhumain que de ne pas s'y accrocher bec et ongles en criant jusqu'à son dernier soupir. Et pourtant. Un calme pudique a commencé à s'emparer d'elle, un calme désert de reproches, de lamentations ou de projections métaphysiques tirées par les cheveux, et quelque temps plus tard, elle a commencé sa chimio.

Affaiblie, ses gencives fondaient comme neige au soleil et ses cheveux se raréfiaient. Ses sourcils aussi sont tombés et elle me disait : « C'est fou, quarante-cinq ans et je ressemble déjà à une vieille. » Elle continuait de tenter d'être féminine et ne quittait désormais plus un foulard qu'elle portait sur la tête. Elle se dessinait les sourcils comme une actrice des temps anciens, ce qu'elle trouvait chic mais difficile à réaliser, les traçant au-dessus d'une cuillère à café. En revanche, quand elle était énervée contre moi, elle partait se démaquiller et revenait pour me signifier son courroux avec deux sourcils froncés en accent circonflexe de quarante-cinq degrés et nous finissions par exploser de rire. « Nous verrons, disait-elle. Nous verrons bien ce que mon corps me réserve. »

Nous avons eu foi en la chimio, mais Madeleine était fatiguée, de plus en plus fatiguée, trop fatiguée. La boule ne se résorbait pas, et quand les médecins lui ont annoncé que son cancer s'était étendu elle s'en doutait déjà. « C'est ainsi, a-t-elle dit, j'espère que le rappel existe, c'était vraiment bien. » Madeleine.

Après un énième rendez-vous s'apparentant désormais à une planification de ce qui l'attendait, devant ce calme à évoquer la fin d'une vie comme s'il s'agissait d'une simple suite de pas inscrits sur un agenda, devant cette science niant l'individu qu'elle était, je n'ai plus su comment agir. Même si ce n'était pas leur faute, je leur en voulais à tous de ne pas comprendre à qui ils s'adressaient avec leur lexique déshumanisé et prémâché. Ils enterraient la joie, sans même savoir qu'elle avait existé. Ils continuaient de se lever, de boire, de rire, de regarder leur montre et d'échanger des calembours. C'était obscène. Alors, la porte de nos lendemains presque fermée et me voyant ne plus savoir où élancer mes pensées et mes mouvements, Madeleine m'a demandé de l'accompagner pour une promenade au Luxembourg, comme pour notre première fois.

Il faisait froid cette fois-ci et c'était l'hiver. Les gosses se balançaient des boules de neige et leurs bonshommes ressemblaient à des tests de Rorschach tellement ils étaient mal faits. Les joues étaient rosies, les gens avaient fourré leur nuque au plus profond de leurs épaules et sorti des pardessus dédaignant l'élégance car il était question de survie. Madeleine avait placé au-dessus du foulard sur sa tête une chapka qui lui donnait l'apparence d'une communiste tsigane et avec mon long manteau noir je ressemblais au docteur Jivago. La danse montait dans nos veines sous le chapiteau en pierre de nos débuts, Madeleine toujours aussi rigide dans mes bras.

Quelques passants nous regardaient tourner, pensant certainement que nous nous entraînions pour un cours de danse folklorique. Ils ne savaient pas que cette femme dansait avec ses dernières forces, pour nous, pour moi qu'elle allait laisser seul et pour se rappeler qu'elle était toujours une femme, un être, en tout cas autre chose qu'un corps malade. Elle avait encore du désir. Il nous fallait un dernier beau souvenir à garder. Nous nous sommes embrassés. Nos dents se sont entrechoquées et ses lèvres gercées par le froid ont laissé s'échapper une goutte de sang. Ce baiser avait exactement la même saveur que celui de nos débuts et les ailes de son nez étaient là encore rougies. Je regardais ma Mado, les rides de son front qui s'étaient bien accentuées. Je voyais toujours l'enfant qu'elle était derrière le masque de sa peau, mais aussi la femme plus âgée. Je ne voyais plus vraiment son physique, je la voyais, elle, et je me voyais, moi. Je voyais notre vie et les évènements que nous avions traversés ainsi que les blagues cristallisées dans les sillons près de ses yeux. Je regardais ma femme, tandis que, comme de coutume, ses pieds écrasaient militairement les miens, et j'en étais heureux. Quand nous sommes rentrés chez nous, nous n'avons pas fait l'amour. Les couleurs d'Henri n'avaient plus besoin de cela pour exister.

C'est à l'hôpital que j'ai veillé sur son sommeil pour la dernière fois. Ironie du sort, nous qui n'avions plus les commandes, notre dernier trajet commun en métro avait eu lieu sur une ligne automatique, sur une ligne qui sait toujours quelle est la prochaine station jusqu'au terminus, comme le personnel des soins palliatifs de l'hôpital Bégin. Au bruit du caoutchouc des portes du métro qui se ferment, s'était substitué celui de la porte de la chambre où elle reposait, amaigrie mais tranquille grâce à la morphine, sur son lit à demi remonté. Surprenante jusqu'au bout Madeleine s'était fait des copines chez les infirmières et elle acceptait désormais de jouer aux cartes avec certains malades, meublant comme elle le pouvait ces journées passées dans la ouate que lui procuraient ses injections quotidiennes et attendant mon arrivée. Elle avait un nouveau colocataire de chambrée, séparé d'elle par un rideau, et m'ayant vu entrer dans un léger sommeil, elle a agrippé mon bras en me murmurant : « C'est vraiment l'hospice. Il s'appelle Bertrand et il respire horriblement fort. Allègre communion. Mais bon, tant que je n'ai pas de couche, j'ai l'impression de rester un tantinet respectée. »

Plus tard, alors que je lui lisais des passages des *Contes de Noël*, très fatiguée et peinant à garder les yeux ouverts, elle a posé sa main sur la mienne, sa bague tant ses doigts avaient maigri jouait autour de son annulaire : « Tu te rappelles la chanson du métro que tu me fredonnais parfois pour me faire rire ? J'aimerais l'entendre. » J'ai chantonné, doucement pour ne pas réveiller Bertrand, mais suffisamment fort pour outrepasser ses ronflements venteux :

Et sous ce ciel de faïence
Je vois briller toutes les correspondances
Quand je rêve quand je divague
Loin d'René-Chaaarles
Dans la brume au bout du quai
Je vois Madeleine qui vient m'chercher

Elle a serré ma main dans la sienne en souriant, sereine.

« Je veille sur ton sommeil, ma chérie. »

Henri est arrivé à Paris le lendemain. Madeleine était morte peu après cette dernière parole, comme une enfant qui s'endort dans mes bras.

Épilogue

Durant les seize années que j'ai vécu en compagnie de ma femme, je suis entrée dans ma salle de bains en glissant sur des serviettes gisantes. Mon peigne, en équilibre sur le bord du lavabo taché de fards et envahi par les épingles à cheveux, tombait dans la vasque mouillée et je savais que j'avais perdu une nouvelle bataille. Il existe plusieurs catégories d'hommes, parmi lesquelles les sereins et les intranquilles. Eh bien, ce qui les distingue tient souvent au réveil qui a été le leur et, avec ma mie, la glace du *petit jour bonjour* de notre salle de bains reflétait bien plus de sournoises luttes qu'une quelconque entraide bicéphale. Les batailles et stratagèmes figés dans les souvenirs du miroir étaient, au hasard : *Qui sera sur pied le plus rapidement pour bloquer avec le loquet l'accès à l'autre de la salle de bains ? Qui sera celui qui, s'étant levé en dernier, finira par être en retard sous les yeux de son adversaire sans pitié assis devant un café chaud ? Qui héritera du miroir couvert de buée et sali par un graffiti narquois « Raclure, je t'ai bien eue, j'avais mis mon réveil deux minutes avant toi » ?*

Ma femme était, il faut le dire, d'une désorganisation inégalée. En plus de n'avoir aucune notion du temps, ablutions comprises, avec elle on avait l'impression d'évoluer dans les coulisses d'un théâtre de l'absurde où les tasses à café formaient un concile au pied de la cuvette des toilettes, et où les collants se perchaient toujours plus haut pour discuter à leur aise sur le portemanteau de l'entrée. La seule chose à sa place était le vide-poche – vide – qui ornait la table de la cuisine et que sa mère Marie-Jeanne lui avait offert pour ses trente ans. « Il me glace par sa rigidité utilitaire, répétait Madeleine. Je refuse de le nourrir, car il l'exige. Ignore ce gosse de bourges, fais comme moi. » Le bordel a son charme et je n'ai jamais goûté les intérieurs épurés à dessein. J'ai toujours l'impression qu'un dentiste en blouse blanche va m'y accueillir, me faire asseoir et revenir avec un scalpel pour m'émasculer. Certainement pour me prémunir de cette angoisse, Madeleine œuvrait donc jour et nuit à réenchanter notre mobilier basique, fichant ses somnifères sur la table du petit déjeuner, ses cimetières de mégots froids sur la table de nuit et son verre de vin à demi vide de la veille près du café qui se faisait. Pignouf, tu aurais dû lui expliquer ta façon de penser. Non cher ami, cela n'aurait servi à rien puisqu'elle disposait d'un don casuistique afin de passer toujours pour un être blanc comme neige et – quand je l'acculais en lui signifiant mon ras-le-bol – elle qui n'était pas logique pour un sou voyait, ô miracle, s'échapper d'entre ses deux jolies lèvres tout un argumentaire psychanalytique construit pour désarmer l'ennemi que j'étais devenu. Madeleine voyait clairement que mes vindictes n'étaient que la résurgence de lourdes frustrations existentielles. Étant incapable de me projeter, je transférais mon mal-être devenu névrose sur un rangement millimétré des objets de l'appartement. « Lâche du lest, relaxe-toi ! » m'assénait-elle tandis que j'imitais le cri de l'âne brayant, m'agenouillant à ses pieds pour la remercier de ce qu'elle avait su percevoir en moi un être hautement prévisible. Mais Madeleine n'avait pas mauvais cœur. L'heure tournant, elle finissait, sincère, par me promettre de s'améliorer et m'embrassait, mettait son manteau et franchissait le seuil de l'appartement après avoir éteint sa cigarette dans un bol de céréales à moitié plein. Sa vision n'était pas la même que celle du commun des mortels, elle ne voyait pas le bazar visible et ne pouvait donc pas y mettre bon ordre. Si un toast de confiture était tombé sur le sol, vous pouviez être sûr de la voir pousser un « Oh ! » et l'enjamber pour aller inverser le sens de deux livres dans la bibliothèque, « question d'harmonie entre la couleur des tranches ». Bien entendu, ce désordre j'y remédiais dès son départ et ma chère et tendre, le soir même, son parapluie mouillé sur le lit et ses chaussures sur la table basse de l'apéritif, me saluait en lançant ses épingles à chignon aux divers points cardinaux de la moquette pour venir, « plus librement », m'embrasser... L'éternel retour jette ses filets sur bien des domaines et même les plus triviaux.

Madeleine. Pourquoi Madeleine, me direz-vous ? Eh bien car au moment où je vous parle, ma femme n'est plus et mon quotidien s'avère bien terne. D'un jour l'autre, on se réveille seul et l'on se somme de continuer. On étouffe en soi-même l'almanach de phrases quotidiennes qui est un peu notre calendrier des saints : « As-tu bien dormi ? Je vais faire le café. Il faudra aller racheter du miel. » Ces phrases dites machinalement prennent une importance démesurée quand on perd sa moitié. Leur écho alors rebondit, triste et déliquescent, sur les murs du logis qui fait figure d'une scène où le décor attend en vain le retour de l'actrice. Mais on finit par se lever, on se lave, on fait des courses, on déjeune : pour soi. C'est dur d'être là, là uniquement pour soi. Cela a-t-il un sens d'ailleurs, cette autoconservation un tantinet animale ? On lit les journaux, non plus pour en discuter, mais pour soi. On se parfume : pour soi. On regarde un film et on l'analyse : pour soi. On est enthousiasmé, inquiet, on a une question fondamentale : un sommelier choisira-t-il – pour accompagner un silure rôti qui aurait peu avant dévoré un pigeon – du vin rouge ou du vin blanc ? Et un chrétien se régalant de ce plat un vendredi sera-t-il puni pour, sous couvert de poisson, avoir également dégusté de la volaille ? La question finira par être emportée. Je ne cherche pas à vous tirer des larmes, mais préparer une sauce à l'échalote pour manger sa bavette seul… Quoi qu'il en soit, vous je ne sais pas, mais moi je ne tiens pas seul en ma compagnie. J'ai donc continué à parler à ma femme et nous nous chicanons pour un rien, comme au bon vieux temps. Je sucre les fraises ? Allez un peu plus loin que les apparences ! Avec l'âge, pour ne pas devenir gâteux, chacun a ses techniques.

Mais pourquoi évoquer ces toquades du troisième âge auquel j'appartiens si ce n'est pour vous expliquer que, du jour au lendemain, Madeleine n'était plus. Et comme me remémorer nos engueulades, ou en créer de nouvelles, n'est parfois plus suffisant pour égayer le train-train et chasser la nostalgie, ces épaulettes du grabataire, je laisse parfois un parapluie mouillé sur mon lit pour feindre sa présence et je me rends sur la ligne 6 du métropolitain, emporté par la mélodie des roues, sur les traces d'anciens souvenirs fossilisés en l'état sous le lourd bitume de la capitale. Or, quand je procède à ces sorties, j'ai un rituel de mise en branle car cela demande de la préparation de se remettre dans la course d'une époque qui n'est plus la sienne. Moi le retraité, avant de retourner sur le lieu de mon ancienne vie, un lundi généralement, je mime solitairement des gestes et des habitudes dont je n'ai plus l'utilité, pour que cela fasse plus vrai. Bien sûr pour moi le terme week-end ne veut plus rien dire, mais si on joue un rôle il faut le peaufiner et je me mets donc en tête que le tocsin de la fin du repos dominical a sonné et que le week-end a été trop court. La veille au soir, je grignote quelques restes de rosbif froids en regardant ma montre et je dis fort : « Allez Madeleine… C'est reparti pour une semaine », avant d'aller me coucher et de mettre le réveil pour le lendemain. Je me froisse la joue droite sur l'oreiller, puis la gauche. Je regarde l'heure et je finis par sombrer.

Quand je me lève ce lundi choisi à six heures tapantes, je bâille consciencieusement, je chausse mes savates en traînant des pieds jusqu'au linoléum de la cuisine où je mets une matinale quelconque en fond sonore à la radio et je commente l'actualité comme un soucieux de son temps. J'aime les flashs infos, je les trouve rassurants. Je souris quand on dit que la météo va être bonne, je grimace si on annonce des pluies diluviennes, sauf si elles sont destinées à ceux du Sud, je peste en entendant les déclarations d'un politicard d'un bord ou de l'autre, je fronce les sourcils aux mots impôts, restructuration, licenciements économiques et baisse du pouvoir d'achat, en tentant de ne pas casser ma biscotte en deux avec le couteau à beurre à bout rond prévu à cet effet. Je bois un soluble qui fait l'affaire en évitant de mettre des morceaux d'aluminium de l'opercule dedans après avoir dragué les grains qui surnagent au-dessus vers le fond de la tasse. Ce n'est pas seulement pour le goût, je n'aime pas leur forme et leur couleur au premier contact avec l'eau chaude. Puis cela devient plus compliqué de tenir mon rôle puisque je vais me doucher sans glisser sur des serviettes gisantes, que mon peigne sec est proprement rangé sur le côté du lavabo et que je suis confronté à mon reflet de septuagénaire… Mes pupilles n'ont pas changé, mais toute cette chair distendue qui s'épanouit autour… Cela donne presque envie de s'écorcher en quête de ce que l'on était à l'origine. Je fais abstraction de ma peau grêlée de taches brunes et des poils blancs qui tirebouchonnent sur mon torse et sur mes bras. Je lève les yeux au plafond et je chantonne avant de ressortir rosé par le jet trop chaud. « Hé ! Madeleine, tu t'en souviens encore, de notre chanson sur René-Charles ?! » je lui demande en me séchant. Mais nulle réponse et nulle trace de graffiti narquois sur la glace embuée. Je m'écorce : marcel, chemise, chandail, chaussettes similaires – car ma femme ne me les emprunte plus. Seul, j'ai continué d'élever le fils que nous n'avons pas eu. Limonadier que j'embrasse et à qui je dis que je ne rentrerai pas tard et qu'il a de quoi se sustenter dans le frigo, avant de descendre les trois étages séparant mon paillasson du reste du monde.

Devant moi chenillent jusqu'au métro Porte d'Orléans, sous un pâle rayon de soleil ou sous la lumière des réverbères nyctalopes, brushings, calvities naissantes, teintures fourchées, chevelures mouillées, laquées, volutes de parfum, sacs à main, à dos, attachés-cases, valises et baluchons divers. Avant de descendre dans la gueule aux dents de pierre, des jeunes me tendent des prospectus ou des journaux en me précisant « C'est gratuit ! » et je les aide à écouler leur grain. Après avoir sorti mon passe vermeil – que je ne paie pas puisque je suis un « émérite de la Ratp » –, j'entends des annonces formulées d'en haut et qui rebondissent sur les tympans endormis et les vitres en plexiglas qui empêchent, entre autres choses, aux gens de se jeter sous les roues des conducteurs. Elles s'ouvrent devant moi ces portes et dedans les paupières sont encore bouffies et l'odeur du dentifrice dissimule mal l'haleine mammifère de la nuit. Quelques épis libres, anarchistes rétifs au plaquage matinal, bougent dans le va-et-vient des élans et des arrêts menant d'une station à l'autre. Les wagons de la ligne 4 ne font plus salon ! Le corps serpentin du nouveau métro ondoie d'un seul bloc dans les soubassements de la ville et les silhouettes s'y multiplient à perte de vue. Où donner de l'œil désormais ? Je regarde mes chaussures, cette lumière donne l'idée que tout le monde est nu. Sous cet éclairage chirurgical et qui ne pardonne rien, les femmes semblent plus encore que les hommes être des épouvantails. Comme les hommes, elles arborent ce sac élastique qu'est la peau – où s'engoncent les organes de la sensibilité qui font qu'aucun de nous n'est pareil : oreilles, yeux, bouche –, mais ce sont les couleurs qui les soulignent qui me donnent l'impression d'être face à des grandes bêtes blanches tentant parfois d'imiter la vie. Alors, quand cela est trop ostentatoire et si le tout est couronné d'un chapeau, j'esquisse un sourire.

Durant les quelques stations qui précèdent ma descente, j'observe mon prochain sans que cela semble trop déshabilleur. Sur la barre devant moi, les partitions des vies peuvent s'entrechoquer, je vois une femme dont la main frôle par mégarde celle d'un homme. C'est subreptice, tous deux l'ont senti mais aucun ne lève les yeux vers l'autre, par pudeur ou indisponibilité d'esprit. Si cela se reproduit, la femme lancera un regard ennuyé au type et peut-être lui-même pour se venger se frottera-t-il les mimines avec du gel hydroalcoolique. Ces derniers temps, j'ai de plus en plus souvent l'impression que les hommes et les femmes sont en train de devenir des ennemis. Ils ne se regardent presque plus, happés par leur téléphone ou leur musique. Moi, en tant que conducteur, je pense pouvoir me targuer d'avoir réuni pas mal d'amoureux et provoqué pas mal de rencontres. De jeunes et de moins jeunes. Vous savez, dans la caméra qui clôt la fin du quai et qui permet de balayer du regard l'entrée dans les wagons, on voit ceux qui font semblant de lacer leurs chaussures pour attendre une passagère qu'ils apprécient et qui aurait un peu de retard. On les reconnaît à force ces profils et on fait ce qu'on peut en retardant la fermeture des portes. Mais ce lundi, chacun est dans son monde, il n'y a pas de parade, de cour, d'interactions. Une femme enceinte est assise sur un strapontin, et je me dis vu son air revêche que c'est certainement l'œuvre du Saint-Esprit.

« Denfeeert-ROCHEREAU, DENFEEERT-Rochereau », c'est ici que je descends sur les traces de mon ancienne vie. Je dégringole comme un cabri aux jambes branlantes un escalier, puis l'autre, et la voilà ma ligne 6, belle demoiselle qui a encore ses wagons individuels, son élégante palette verte et blanche et sa luminosité quasi tamisée. Je m'assieds à l'avant gauche, sur le tout premier strapontin du tout premier wagon du métro qui arrive, comme si je conduisais de nouveau, et je me laisse bercer par le ronronnement de la cadence. C'est merveilleux, plus de décisions à prendre, un rythme m'est insufflé qui ne vient plus de ma volonté et je n'ai plus qu'à observer. Je suis rendu à ma vraie nature. En regardant les façades qui défilent, j'entends les portes s'ouvrir sur la voix d'amis chers et disparus : Yvette, Melchior, Soren, Amandine, Henri. Plus trace des clochards philosophes sur les sièges et les bancs quand les portes s'ouvrent. Hervé, FX et Mathias, après s'être intéressés au soufisme, sont partis en Inde sur les traces des renonçants pour tenter de devenir sādhus. Peut-être la bande du Prof a-t-elle fait des émules à Raspail. Même René-Charles, même cet emmerdeur de René-Charles, je me prends à l'entendre et à regretter sa voix de fausset partie traumatiser la Bretagne.

Si vous ne me trouvez pas le premier lundi du mois sur la ligne 6, c'est que j'aurai autre chose à faire. Je serai à la station Madeleine et elle sera là, dans son ensemble vert amande, celui faisant ressortir la rougeur des ailes de son nez, à m'attendre devant les tourniquets. Elle se retournera et me dira, avec son sourire espiègle : « Tu en as mis du temps, j'aurais pu attraper la mort ! », tandis qu'on partira main dans la main prendre le wagon à quai sans s'embêter de tickets. Mais cet instant n'est pas encore venu alors je roule au milieu de cette époque qui n'est plus vraiment la mienne, assis sur le tout premier strapontin du métro derrière la cabine du chauffeur. Quand le wagon plonge sous terre dans l'une des veines d'un des bras du monstre, je me rappelle la ligne 12 et cette période où le métro a failli m'engloutir avec son âme chtonienne qui attire et enlise. Cette âme changeante qui s'étire dans le dédale des couloirs et des souterrains et qui englue comme une araignée dans sa toile. Je n'y retourne pas sur la ligne 12, mais je ne lui en veux plus et j'y pense en sortant le carnet noir légué par Henri, tandis que je me laisse bercer par le destrier des temps modernes et que j'y consigne et relis l'histoire de ceux que j'ai connus, la mienne et mes souvenirs les plus précieux.

DU MÊME AUTEUR

Là où la caravane passe, Albin Michel, 2022, Prix Roger Nimier 2022

Composition : Nord Compo
Impression : Imprimerie Floch, novembre 2022
Éditions Albin Michel
22, rue Huyghens, 75014 Paris
www.albin-michel.fr
ISBN : 978-2-226-47488-9
N° d'édition : 25017/01 – N° d'impression : 101492
Dépôt légal : janvier 2023
Imprimé en France